メイジー・チェンのラストチャンス

リサ・イー
代田亜香子 訳

金原瑞人選
モダン・クラシック
YA

作品社

1

ほんもののパイじゃないけど、おばあちゃん《オマ》とおじいちゃん《オパ》は、そうとは知らない。ともかく、最初のうちはわかってなかった。ママがふたりを、〝うまうまさくさくパイシート〟のCM撮影《さつえい》を見学しに来ないかって呼びよせた。ママは、わたしがはじめて現場《げんば》にくっついてきたときにいっていた。「フードスタイリストの仕事はね、料理《りょうり》の写真うつりをよくすることなの」

オマとオパは空港から機内用ネックピローを首につけたまま直行してきた。わたしの任務《にんむ》は、ふたりの身の安全を確保すること。

オマは荷物《にもつ》を床《ゆか》におくなりダーッとかけよってきた。その勢《いきお》いにふっとばされそうになる。ハグされてへんな感じがしたのは、ネックピローのせいもあるけど、八歳にしてはじめて直《じか》に会うからだ。親友のジンジャーからは、おばあちゃんとおじいちゃんに会ったこともないなんてへん、っていわれた。ジンジャーのところは家族みんなすごく仲よしだから。「いろいろあって」わたしはジンジャーに説明《せつめい》しようとした。だけど正直、「いろいろ」ってなんなのか、自分でもわかってない。ママとはほとんどなんでもしゃべるけど、オマとオパのこととなるとそうもいかない。

オパは、スタジオのまぶしい照明《しょうめい》にも負けないピッカピカの笑顔。「メイジー、大きくなったなあ！」ってなんどもいってから、撮影用のキッチンを見て目を丸くした。壁《かべ》一枚だけのセットだったから。

オマが、セットの横に集まって立ってるひとたちを指さした。「だれも料理してないじゃない。どうして？」

そのひとたちのなかにいたママにむかって、ディレクターがさけぶ。「シャーロット！　テスト用のパイだ、いますぐ！」

「用意してあります」ママは、わきにいくつも並んだテーブルを指さした。パイが二十枚くらいのってる。

すっかり焼きあがってるのも、あとはオーヴンにいれるだけみたいなのもあって、ぜんぶアップで撮《と》られてもだいじょうぶな状態《じょうたい》だ。仕上げをするママの仕事っぷりを、オマとオパは言葉を失ってぽかーんとした顔で見つめてた。なにしろ、すぐに溶《と》けちゃうバニラアイスのかわりにマッシュポテトをこんもりのっけて、ミルクよりカメラうつりのいい白いボンドをグラスに注ぎこんだから。

オマとオパの仕事も料理関係だ。ふたりは、黄金《ゴールデン》のお城《パレス》をもっている。〈ゴールデンパレス〉っていう名前のチャイニーズレストランで、ミネソタ州のラストチャンスという町にある。ママが前に、「メイジー、あなたはラストチャンスに住んでいるチェン家のラストの子なのよ」っていってた。そういわれてもね。だって、ラストチャンスなんて行ったこともないし。

オマとオパがヒソヒソ話をはじめたので、わたしはきき耳を立てた。

「シャーロットはどこであんなのおぼえたの？」

「うちでは教えとらん！」

「あれ、にせものでしょ」

ママがシェービングクリームを缶《かん》からシューッと出してホイップクリームのかわりにすると、オマはゾンビでも見たような顔になった。

オマはここで限界《げんかい》をむかえた。片手でスーツケース、もう片方の手でオパの腕《うで》をつかむ。「さ、帰るわよ！」

「だが、いま来たばっかりじゃ……」オパは、オーヴンの背面《はいめん》をぬいてカメラをしこんであるのに気づいたみたいだ。

だけどオパがその先をいおうとしたとき、オマがわたしの頭のてっぺんにキスをしていった。

「愛してるわよ、メイジー。こっちにもあそびにいらっしゃい！」

それっきり、オマとオパには会ってない。今日の今日まで。

2

竹ぼうきで歩道をはいているおばあちゃんが見える。

「オマ？」わたしは呼びかけた。

オマはほうきをポトッと落っことして、胸をかきむしるようにした。そのうしろに巨大な黒いクマの像《ぞう》がにゅっと立っているのがやけに気になる。

「オパ！」オマは店の入り口の奥《おく》にむかってさけんだ。「うちのメイジーが来たわよ！」なかからかすかに声がきこえる。「メイジー？　メイジー！　はやく顔を見せとくれ！」

「ちっちゃなメイジーが来たのね」オマがいう。いまじゃオマとほとんど背がかわらないのに。

「やっと来てくれた！」

来るしかなかったから、なんてことはいえない。三年前にうまうまさくさくパイシートのＣＭ撮影で会ったときよりずっとうれしそうだ。あのＣＭが認《みと》められてママは『月刊ノードスタイリスト』の表紙にのった。なのにママのあの日の記憶《きおく》に残ってるのは、両親がひと言もいわないで帰っちゃったことらしい。

ボロボロの自転車にのった男の子が店の前をいったんとおりすぎてから、引きかえしてきて、キキィーッと止まった。ちょっと。ひとをジロジロ見るのは失礼って知らないの？

こわいクマの前をそーっととおりすぎると、ママがコホンと咳払《せきばら》いするのがきこえた。乗ってきた車に腕を組んでよりかかっている。フロントガラスには、三日にわたるロサンゼルスからのロードトリップの犠牲《ぎせい》になった虫の死がいがたくさんはりついている。

「久しぶり、母さん」ママがサングラスをはずす。「メイジーがひとりでラストチャンスまで運転してきたとでも思ってる？　わたしも来てるのよ」

3

〈ゴールデンパレス〉に足をふみいれたとたん、炒《いた》めたガーリックとジンジャーのおいしそうなにおい。そういえば、五時間くらいなんにも食べてないんだっけ。お腹《なか》ぺっこぺこ。

へーえ、見たことない感じのお店。トタンの天井《てんじょう》からつりさがってるのはいかにもチャイニーズな紙の赤いちょうちん。壁にかけてあるアメリカ国旗《こっき》は、アラスカ州とハワイ州が加わる前のもので星の数がふたつ少ない。その横に、立派《りっぱ》な金色のキーがかざってある。

お客さんは、中央のテーブルにすわってるかなりのご高齢《こうれい》っぽいご婦人ひとり。わたしたちにむかって、ドキュメンタリー番組を見るような視線《しせん》を注いでる。

「メイジー、こっちだ！」

ゲホゲホと咳がつづく。見ると、厨房《ちゅうぼう》の手前に車いすがあって、オパがちんまりすわってた。わたしはニコッとしたけど、内心オパがガリガリなのにびっくり。写真では、お腹ぽんぽこりんの印象しかなかったのに。

ママとオママはしょっちゅうメールで写真を送りあってたし、みんなで電話でしゃべることもあった。ビデオ通話も一回だけトライしたけど、こっちはひたすら天井を見せられてたし、オパはずっと「スイッチ入ってんのか？　どうやってうつすんだ？」とかいってた。で、数か月前に向こうのパソコンが死んじゃってからはメールも写真もストップ。

「父さん、調子はどう？」ママがやさしい声でいいながら、オパの前にしゃがむ。

「絶好調だとも！　ピンピンしとるさ！」オパが、ママのかぶってるクタクタのロサンゼルス・ドジャースのキャップを引ったくってぬがせた。黒い髪《かみ》がバサッと肩にかかったママは、いつもより若く見える。オパはシルバーヘアで、八十代にしてはしわが少ない。

「こんな車いす、ムリやりすわらされとるだけだ。もうすぐ死ぬと思われてるんだろうがね」オパがわたしにウインクしてみせる。

え、いまって笑うところ？

オマがまたぎゅっとハグしてきた。「口の悪いじいさんは無視《むし》していいから！」

「ほんとよ、まったく父さんったら。そういうのやめてよね！」ママも声をあげる。

ここに来るまでの車中は、ママもわたしも笑いっぱなしだった。ふたりしてお気に入りの映画の有名なセリフを、『プリンセス・ブライド・ストーリー』の「ありえない！」とか『オズの魔《ま》法使《ほうつか》い』の「わが家《や》にまさるところなし！」とかいいあっては、ゲラゲラがとまらなかった。なのにラストチャンスに近づくにつれて、ママのテンションはみるみる落ちてきた。最後の一時間なんて、まったくの無言。なんたって、わたしたちがここに来たのはオパのことかあったからだし。

「気分はどうなの？」ママがオパにたずねる。

オパの目がゆっくりととじていく。からだがガクンとなる。えっ、なになに？　あせってオマのほうを見ると、のんびりいわれた。「メイジー、おなかすいたでしょ？」

「救急車《きゆうきゆうしや》！　父さん、しっかりして！　父さん！」ママは大あわてだ。

「んん？」オパの片目がパチリとひらく。それからもう片方の目も。そして、ママにいう。「へっへー、シャーロット、引っかかったな！」オパがこっちを見てニヤッとするので、思わずわたしもニヤニヤしちゃった。ママはムッとしてたけど。

そんなオパのひとりコントのまっ最中《さいちゆう》に、お客がひとり来た。

オマがぱたぱた出ていってテーブルに案内し、赤いメニューをわたす。文字がうすくなってるから、Golden Palace が olden Pal に見える。これじゃ、「黄金のお城」じゃなくて、「古い友だち」になっちゃう。

「この店は本場のチャイニーズを出すのかな？」その大きい男のひとは、ネクタイをゆるめながらいすにどかっともたれた。

オマがうんうんとうなずく。「ええ、もちろん！　どの料理も中国四千年のレシピです」

「そりゃあいい！」男のひとがメニューをとじる。「じゃあ、八宝菜《チヤプスイ》と、このクリームチーズ入りワンタンをもらおう。せっかくチャイニーズを食べるなら本格派《ほんかくは》にかぎる。現地むけにアレンジしたものじゃ意味ないからね」

4

ついておいで、とオマに手招《てまね》きされて厨房に入る。袋《ふくろ》にぱんぱんにつまったお米、箱《はこ》いりのフォーチュンクッキー、特大のびんに入ったお醤油《しょうゆ》が、何セットもラックにストックしてある。「チャプスイだってさ。本格派がきいてあきれる」オマがばかにするようにいって、ふいに立ちどまると、またあたしをハグしてきた。「かわいいメイジー！」

それからオマは、めちゃやめちゃ大きい包丁《ほうちょう》に手をのばした。思わずギクッとしてそのまま見入っていると、オマは豚肉《ぶたにく》とセロリとマッシュルームを光の速さで角切《かくぎ》りにしていく。切れ味するどい包丁に切ったものをぜんぶのせて、前もって油にいれてあった刻《きざ》みニンニクがジュージューいってる深鍋《ふかなべ》に投入。ボッと炎《ほのお》があがって、わたしは思わずとびのいた。うわあ、いいにおい。

つぎにオマは、NBAのスター選手みたいに片足を軸《じく》にしてくるくるむきをかえながら、フライヤーめがけてワンタンのダンクシュートをつぎつぎ決める。魔法みたいに、白いワンタンがこんがりキツネ色に早がわり。オマはワンタンを一個、はい味見って感じでこっちにくれると、できあがったチャプスイを厚《あつ》ぼったい白いお皿《さら》にうつす。なんかもう、見てるだけで息切れしそう。

口にいれたワンタンが熱《あつ》くてハフハフする。「クリームチーズ入りのワンタンなんてはじめて」なにこれ、おいしーい。外側はカリッとしてて、なかはとろーりクリーミー。

「ミネソタは乳製品《にゅうせいひん》が有名だからね」料理が、大きくて丸い黒のトレーの上にならんだ。

「じゃ、これってチャイニーズでもアメリカンでもどっちともいえるってこと？」

「そうだね」

お客さんに料理を出すと、オマはわたしとママが食べるぶんをつくってくれた。オパは、例のご婦人とお茶してる。

「メイジー、さっさとすわって。食べるよ」オマがせっつく。

大皿に山盛《やまも》りのチャーシューヤキソバに、卵とグリーンピースとニンジン入りのチャーハンをみんなでつつく。ナスと豚ひき肉のピリ辛炒《からいた》めから湯気《ゆげ》がゆらゆら。

お腹がぺっこぺこ。だけどお箸《はし》でヤキソバをつまんだら、スルッとひざに落下しちゃった。

「オマ、フォークで食べていい？」

「チャイニーズは箸で食べるもんだよ！」オマにいわれて、しゅんとなる。でもすぐにオマはウインクして、フォークをくれた。「オパにはないしょ！」

食べおわると、わたしは店のなかを見てまわった。ママとオマはさっきからはっきりきこえるささやき声でいいあらそってる。

「来るのにこんなに時間がかかるとはねえ」

「こっちはスピード違反《いはん》ぎりぎりでとばしてきたんだけど」

「そうじゃなくて。三十年もかかったって話」

はるばるやって来てやっと会えたのにいきなりけんかなんて、ありえない。ママはめったに声を荒らげないのに、オマやオパと話をするときはやけにピリピリしてる。しょうがないのでわたしは、お店の壁いっぱいにかかってる絵や記念のかざりをながめることにした。なんか、美術館みたい。まあ、ここにあるのはテーブルとちぐはぐないすと料理で、美術品はないけど。でもそういえば、ママはよく自分の仕事は食材をつかった芸術だっていってる。だから、料理を美術品っていってもいいのかも。

銀のフレームにおさまった若い中国人の花嫁《はなよめ》の色あせた写真。十五セントでお腹いっぱい、とうたった大昔《おおむかし》のメニュー。ハワイのポスターがみょうにまわりから浮いてる。

厨房の奥にあるせまい事務所にふらっと入ってみた。机の上には請求書《せいきゅうしょ》が山積《やまづ》みになって、壁には写真がたくさんはってある。たぶん何十枚も。うつってるのはぜんぶ中国の男の人で、若く見えるけど、写真そのものはものすごく古い。壁のすみっこには、文字が手書きされた布がはってある。かすれてるけど、ぎりぎり読めた。

わたしは中国系アメリカ人です。

「さ、メイジー、荷ほどきしちゃおう」ママのぐったりした声がする。

外に出ると、自転車の男の子がまだいた。目が合ったけど、どっちも無言のまま。

いっしょに出てきたオマがわたしたちの車のなかをのぞいて、チッという。ファストフードの包《つつ》み紙《がみ》が落ちてるのを見つけたからだ。「家の鍵《かぎ》はあいてるよ。道はわかる?」

ママがふーっとため息をつく。カリフォルニアを出るときからずっとためこんでいたらしい。っていうか、もっと前からかも。「わたしがここに住んでたの、忘れちゃった?」

5

いま車に乗ったらもう着いた、みたいな感じ。車がとまったのは白い家の前で、ドアは真っ赤。ロサンゼルスのおとなり、ザンさんの家も赤いドアだ。中国では赤はラッキーカラーだから。

ママが車に積みこんだスーツケースをせっせとおろしてるあいだに、わたしはバッグをひとつだけつかんで家にかけこんだ。家具はどれも使いやすそうだけど、かなり古い。ロサンゼルスの家はやたらオシャレで、セレブ感のあるデザイナーズソファまであるのにすわるのは禁止。この家はぜんぜんちがう。リビングには犬がポーカーしてる絵があって、二階にあがる階段《かいだん》の壁にずらっとかざってあるのはぜんぶ、わたしの写真。のぼりきると、イヤーブック用に撮った最新のかわいい、わたしの写真にお出迎えされた。矯正《きょうせい》してるから断固《だんこ》として笑わなかったときのやつ。うう、やれやれ。

すぐそこのドアに、手書きの貼《は》り紙《かみ》が見える。「立ち入り厳禁《げんきん》」そういわれたら立ち入るよね。

ママが昔つかってた部屋だ。家のなかで、ここだけ雰囲気《ふんいき》がちがう。パープルのドレッサーに、おそろいのパープルの天蓋《てんがい》つきベッド。壁の一角《いっかく》に、ぷくぷくのステッカーがベタベタはってある。ママってば、わたしが自分の部屋にこんなことしたらブチギレるはずなのに。

小さな机《つくえ》に、赤いタイプライターがのってる。本棚《ほんだな》には、ジュディ・ブルームのペーパーバックと、パロディマンガ雑誌《ざっし》の『マッド』がぎっしり。コルクボードにはプロムの写真。ママはくるくるパーマで、ヘラヘラした笑顔の男の子と並んで立ってる。ふたりとも意味不明なくらい幸せそうで、秘密を打ち明け合う仲って感じだ。

「アジア人がパーマかけると、この始末」いつの間にか入ってきてたママが、あたしのスーツケースを床のビーズクッションの横にどんとおく。「ふんわりカールさせたかったのに、髪がいうこときいてくれないの。メイジー、この部屋をつかっていいわよ」

「えっ、ほんと？　やったーっ！」

ママが古いポラロイドカメラを手にとる。「はい、チーズ！」

うわっ、いきなりフラッシュが光ってママもわたしもびっくりした。すぐにジジーッと写真が出てくる。わたされた写真に、自分の顔がゆっくりと浮かびあがってきた。

「あのね、ちょっと話しておかなきゃいけないことがあるの」

うっ、きた。「話しておかなきゃいけない」ってのはたいてい、よくないことをいうための前おき。

ママが自分の両手に視線を落とす。「オパの具合、思ってたよりずっとわるいみたい」

そういえば、ママはオマから電話がきたときに泣いてた。「どうしてすぐに教えてくれなかったの？　なんでいまごろ？」って。

あれはたしか、この前の水曜日。その翌日にママは仕事のスケジュールを調整《ちょうせい》して、わたしのサマーキャンプもキャンセルした。そして金曜日には、ここに来る車に乗ってた。で、今日が日曜日。

オパはずいぶん前から病気だったのに、わたしたちは知らされてなかった。オマがよけいな心配をかけたくないと思ったから。オパもだれにも知られたくなかったのかも。ジンジャーのおば《ア》あちゃん《ブエラ》なんか、ここが痛《いた》いあそこがつらいっていいまくるのが大好きだし、たまに痛くもないのに痛がってるのがばれればれなのに。うちの家族の場合はたいてい、口に出していわないときのほうがいちだいじ。

「どれくらいわるいの？」がりがりで車いすって以外は、なんともなさそうに見える。よく笑うし、冗談《じょうだん》ばっかいってる。重い病気のひとがあんなにふざけるもんかな？

ママがベッドにごろんとして天井にむかってしゃべる。「病院に連れていってちゃんときいてくる。オマはあいまいなことしかいわないから。すぐによくなると思うけど」

「一週間くらい？　二週間？」

「うーん、ひと月くらいかな。二か月かもしれないけど。あのね、正直はっきりわかんないの。ま、なんとかなるでしょ！」声は明るいけど、心配そうな顔だ。ママってほんと、同時進行が得意だから。

それにしても二か月って……えーっ、夏休みがおわっちゃう。楽しい計画がたくさんあったのに、ずっとラストチャンスにいなきゃいけないの？　オパの心配が先なのはわかってるけど、いちばんかわいそうなのは自分みたいな気がする。

6

一階のリビングのテーブルに、薬《くすり》びんがいくつもある。あとはトランプが何束《なんたば》かと、カラフルなポーカーのチップが入ったクリアボックスがところ狭《せま》しと並んでる。ソファにシーツとブランケットと枕《まくら》がきちんと重なってる。オパはここで寝てるんだな。二階の寝室《しんしつ》までひとりで階段をのぼるのはたいへんだし、オマが抱《かか》えていくのもムリだから。

「ねえねえ、夏じゅうずっと、ここにいなくちゃいけないかも！」わたしは電話のむこうにいるジンジャーにむかってなげく。

「えーっ、メイジーがいなかったら、ブランチの会のとき、場がもたないよ！」

ジンジャーの親戚《しんせき》は毎週日曜日におばあちゃん《アブエラ》の家に全員集合して、料理をもちよってブランチの会をする。ジンジャーにはいとこがわんさかいて、ファーストネームがかぶったりすることもあるくらい。大家族って、ちょっとうらやましい。ジンジャーのママはきょうだいがたくさんいて、義理《ぎり》のきょうだいも多い。しかも来年再婚《さいこん》する予定で、さらに親戚が増える。うちのママなんか一回も結婚《けっこん》してないのに。

電話のあと、ママにすすめられて町を探索《たんさく》してみる。いまのところ、かなりたいくつ。映画館もない。ラストチャンスでワクワクを期待《きたい》してもむだっぽい。

ロサンゼルスでは、家と家がひしめきあうみたいにぎっしり建ってる。ここは、家と家のあいだのすきまが広くてついでに庭も広い。で、なにもかもが古く見える。立ちどまって、おばけ屋《や》敷《しき》っぽい灰色《はいいろ》の大きな家をながめてみた。背の高い草がぼうぼうで噴水《ふんすい》もからから。だれも住んでないんだろうな。と思ったら、窓《まど》にかかったレースのカーテンがかすかにひらいたように見えた。うわ、気味わる。あわててその場をはなれる。

メインストリートが三ブロックつづいて、ラストチャンス・ルーテル教会で行きどまり。なんかいいにおいがすると思ったら、近くの窓に「世界一うまいブラートヴルスト！」って書いてある。ブラートヴルストってたしか、ドイツのあらびきウィンナーだ。お店の名前は〈ウェルナー・ウィンナー〉。ジンジャーに見せようと思って看板《かんばん》の写真をとった。ふざけた名前って、笑ってくれるはず。

ふと見ると、歩道に大きな犬が寝《ね》てる。ピクリとも動かないから、もしかして死んでる？　そーっと近づいてみると、ああよかった、目をあけた。大あくびをひとつ。

かがみこんでなでてみる。「こんにちは。わたし、メイジー」

チョコレートみたいな茶色い毛で、おでこだけハートの形の白い毛。犬って表情がないってきくけど、この子、ぜったいニコッとしてくれた。

つぎに目に入ったのは、〈ラストチャンス銀行&図書館〉。変なの。ドアをあけてみようと思ったら、鍵がかかってる。小さな黄色いふせんがはってあって、丸っこい文字で書いてある。「洪《こう》水《ずい》のため閉館　入出金《しゅつにゅうきん》はデイジー・Gまでお電話ください」

電話番号が書いてないけどね。

わき道を入ったところに〈ラストチャンス釣《つ》り具《ぐ》・釣りえさ店〉とある。生命保険《せいめいほけん》取り扱《あつか》ってます、だって。なんかこの町って、意外なものを組み合わせるのが定番らしい。〈ゴールデンパレス〉にも、もうひとつの顔があったりして。

〈ベン・フランクリン雑貨《ざっか》&ソーダ〉の近くにいくと、待ってましたみたいに女の人がドアをあけてくれた。名札に〝エヴァ〟って書いてある。もじゃもじゃのショートヘアは真っ白で、お姉さんかおばあさんかは不明。

「いらっしゃい、いつもありがとう！」エヴァがいう。

「えっと、来たのははじめてです」

エヴァがラインストーンのメガネの奥で目を細くする。「おっと失礼。似《に》てる人とまちがえちゃった」

この町にわたしに似てる人なんてそうそういないと思うけど。

「で、どこから来たの？」

「カリフォルニアです」

エヴァが首を横にふる。「じゃなくて、どこ出身？」

「ロサンゼルスの……」

「国籍。どこの国の人かってこと」

あーはいはい。そういうことね。

「国籍はアメリカです」ききたいのはどうせそこじゃないよね。「民族《みんぞく》ってことなら、中国です」

「そう、ラストチャンスへようこそ。〈ゴールデンパレス〉に行ってみるといいわよ。ミネソタでいちばんのチャイニーズだから！」

あはは……とりあえず笑っておく。ジンジャーとは一年生で会ってすぐからノンストップトークしてるけど、知らない人と話すのはどうも苦手。

店内はリンゴみたいな香りがする。ずらっと並ぶ手作りアクセサリーとガラスジャーにぎっしりつまったカラフルなキャンディをながめてたら、宝石箱《ほうせきばこ》のなかに入りこんだ気分になってきた。ソーダファウンテンのカウンター席に、大柄《おおがら》ではげ頭の男の人が毛玉だらけのオレンジ色のセーターを着てすわってる。食べてたバナナスプリットから顔をあげたけど、わたしと目が合うと恥《は》ずかしがってるみたいにそっぽをむいた。

アクセサリーをチェックして、チョウチョのバレッタを選んでレジにもっていく。差しだすと、エヴァがうなずいた。「この子はだれにもらわれていくんだろうって思ってたの」そういって、お得意さま十五パーセント割引にしてくれた。初対面なのに。

メインストリートのはずれに、小さな駅舎《えきしゃ》があった。窓からなかをのぞきこむと、ほこりだらけでクモの巣《す》もはってる。長いこと放置《ほうち》されてるって感じ。通りをはさんだむかい側に、石でできた古い井戸《いど》がある。白雪姫《しらゆきひめ》の映画で見た願《ねが》いの井戸みたい。まさかラストチャンスに、わるい魔女《まじょ》みたいな悪者がいるとか？　あ、そうだ、いいこと思いついた！　白雪姫みたいに願いごとしてる感じの動画をとって、ジンジャーに送ろうっと。

スマホを手にして井戸に身を乗りだし、願いごとをつぶやく。すると……。

7

「ぎょえーーーーーーーっ！」

ママから百万回いわれてるのに！　今度スマホをなくしたら二度と買わないって。ひたすら井戸のまわりをぐるぐる、ぐるぐる。意味ない行為《こうい》だけど。

「やっ！」さっき店の前を自転車でうろついてた男の子だ。「井戸に願いごと？　あ、ぼくローガン。ぼくもさんざん願いごとしてる。一度なんかラマが飼《か》いたいって……」

　鼻の頭をまたいで行進してるそばかすのうす茶が髪色とおんなじ。知らない人と話すのが好きなんだな。わたしとは正反対。息継《いきつ》ぎのタイミングを待って、わたしは口をひらいた。「電話かけてくれる？」

　きょとんとした顔。そりゃそうか。

「あのね、わたしのケータイにかけてみてほしいの。井戸に落っことしちゃって、こわれてないか確認したいから」

「絶望的《ぜつぼうてき》だろうね」ローガンがおあいそゼロでいう。「だけど、了解《りょうかい》。かけてみるよ」

　ローガンはポケットからペンをとりだして、わたしが伝えた番号を手に書いた。「名前は？　なんでここにいるの？　どこから来たの？」

　またか。ロサンゼルスじゃ出身なんかきかれたことないのに。

　ウザいけど、いまはたよるしかない。「名前はメイジー。祖父母《そふぼ》の家に遊びにきた。もとをたどれば中国」

　ローガンがうなずく。「ふーん、そっか、わかった。だけどさ、どこから来たの？　セント・ポール？　マディソン？　ほら、どこの街《まち》？」

　あっ、そっち？「ロサンゼルス」

「ディズニーランドか……」ローガンはうらやましそうにいうと、自転車をこぎだす。

「えっ、ちょっと！」わたしはあわてて呼びとめた。「電話は？　かけてくれるんじゃないの？」

「かけるよ」ふりむいて大声でいう。「ケータイもってないから家からかける。じゃっ、ロサンゼルスから来た中国系アメリカ人のメイジー！」

8

きのうは願いの井戸でえんえん待ってたのに、ローガンから電話はなかった。かけたのかもしれないけど。だったら、スマホが死んでるってこと。まだママにはいってない。

お昼を食べに店にもどると、例の木彫りのクマにお出迎《でむか》えされた。わたしより五十センチ以上大きい。わたしはかぎ爪《づめ》を立てるポーズをしてグルルルってうなってやった。

「メイジー！」オパが車いすを入り口まで転がしてくる。「バドと知り合いになったようだな。かみつきはせんよ。握手《あくしゅ》してごらん！」

うなってるところ見られちゃった。気まずくて、わたしはバドの手をポンッとやった。

店内では、例のご高齢のご婦人がきのうとおなじまんなかのテーブルに陣《じん》どっていた。「あら、またあなた！」アイスブルーの瞳《ひとみ》で見つめられてかたまってしまう。「お嬢《じょう》さん、ここではたらいているの？」

「わたしですか？」大きさはクマのバドの半分くらいしかないけど、ずっとこわい。

オマがとなりに来る。「レディ・ベス、なにか召《め》しあがります？」

レディ・ベスが、テーブルの上のボウルを逆さまにする。「空《から》っぽよ！」

オマがわたしにいった。「メイジー、レディ・ベスに揚《あ》げワンタンのおかわりと、あたらしくいれたお茶をポットで」

レディ・ベスがかすかな笑みを浮かべる。「わたくしのナスのしょうが焼きはどうなっているのかしら？」オマに話しかけるときは、ジトッと甘《あま》ったるい声。

「すぐに確認します」オマが両手をわたしの肩におく。そのまま厨房に連行されるとき、オマがささやいた。「レディ・ベスは町いちばんのお金持ちなの」

だから？　だから失礼な態度《たいど》をとってもいいとでも？

ママは、もさもさの赤毛の女の子としゃべっている。ふたりとも、いまにもひながかえるんじゃないかみたいな顔で特大ナスを見つめていた。

「シャーロット！　デイジー！　下がってなさい」オマがさけぶ。

それから大包丁をつかんで、サムライシリーズのキッチンナイフのコマーシャルに出てくる黒帯よりもはやくナスを切った。と同時に、わたしの右手に揚げワンタンが入ったボウル、左手にお茶のポットをもたせた。「レディ・ベスのテーブルに」そういって、わたしをダイニングのほうに押しやる。

ママがふんっといった。「レディ・マクベスのこと？　めんどくさいクレーマーだからそう呼んでるの。前はよくこき使われた。これからはメイジーの番らしいわね」

赤毛の女の子がえっという顔をする。「メイジーっていうの？　あたし、デイジー！」

あの銀行兼《けん》図書館のはり紙にあったデイジーかな？　ラストチャンスにデイジーがそうそうたくさんいるとも思えないし。

「名前が韻《いん》をふんでるね」デイジーがはしゃいだ声でいう。色とりどりのボタンをつないだネックレスをしている。「姉妹とかいとことか、とにかく親戚みたい」

わたしはうなずいた。そこまでじゃないよね、ともいえなくて。

ダイニングにもどると、おそるおそるレディ・マクベスのテーブルに近づいていった。

「お茶」レディ・マクベスが命令する。だまって注いだら、カップからそれちゃった。「ふふーーーーん」レディ・マクベスがバカにしたような声を出す。まるでわたしがわざとやったと思ってるみたいに。大あわてでナプキンでこぼれたお茶をふく。助けを求めてママをさがしたけど、なんかうれしそうに知らない人とハグしてる。

「いつ以来だ、シャーロット？」その人の着てるTシャツには、“Reading Is My Superpower”（読書はわたしの特別な力）ってプリントがある。

え、ママの顔、赤くない？　まさか照れてるとか？

「百年ぶりくらいかしら？」

ふたりしてゲラゲラ笑う。ママの返し、まったくおもしろくないのに。

ふたりともこっちに目もくれないけど、ついじろじろ見てしまう。んんん？　あのヘラヘラ笑いはもしかして……プロムの写真にママとうつってた男の子だ！

チャンス！　いまならママは心ここにあらず。「ね、ママ、スマホを井戸に落っことしちゃったかも。じゃ、またあとで！」

ドアから出ていこうとしたとき、声がきこえてきた。「メイジー、どこ行く気？　ちょっと来なさい！」

ママは、怒《おこ》ってるけど楽しそうな顔をしてる。「グレン、娘のメイジーよ。メイジー、こちらは古い友だちのグレン・ホームズさん。いまはホームズ校長先生ね」

「はじめまして、メイジー」ホームズさんが握手を求めてくる。「これから母と娘の会話が必要そうだな。わたしは退散《たいさん》するとしよう。シャーロット、じゃあまた今度ゆっくり」

「ええ、またね！」ママがやけに愛想《あいそ》よく答えた。

9

母娘の会話のあと（とはいっても発言してたのは百パーセント、ママ）、わたしは厨房にぶらっと入っていった。オマが奥の事務所でお札を数えている。「お金、お金、お金。まったくなんにでもお金がかかるんだから」

「ほんとだね」わたしもいった。スマホは自分で買い直さなきゃいけなくなった。それって大打撃《だいだ》《げき》。また壁を見まわした。「この人たち、だれ？」そういって古い写真を指さす。ご先祖《せんぞ》とか？

ジンジャーのふたりいるうち好きなほうのオリーブおばさんの先祖は、一八〇〇年代にメキシコに住んでいたそうだ。わたしは、家族の歴史《れきし》をなんにも知らない。

オマが机からガバッと立ちあがって声をあげる。「砂糖《さとう》いれすぎ！」デイジーがビクッとして、料理にいれようとしていた砂糖をぜんぶカウンターにぶちまけちゃった。

ママがよくいってるけど、オマは答えたくないことがあると話題をかえる。オパなら写真のこと、教えてくれるかな。

もうランチタイムをずいぶん過ぎている。ダイニングに行くと、レディ・マクベスしかお客がいない。「お客がいないうちに食べよう」オパがいうと、オマが料理をどんどん運んでくる。どんだけ腹ペコだと思ってるんだろう。

オマがだまってわたしの取り皿の横にお箸をおく。わたしは手にしてたフォークをおいて、お箸をつかってみることにした。オレンジチキンをひざの上に落っことしちゃって、ナプキンでつまむ。レディ・マクベスが気づいて、やれやれと首をふる。無視することにして、オパの近くに移動した。

10

この町じゃ、ろくにやることない。ジンジャーに会いたい。ラストチャンスに来て一週間になるけど、ずっと八十代のオパといっしょにいる。ママに、そばについてるようにたのまれてるから。つまんないってわけじゃないけど、オパは〈ゴールデンパレス〉にいるのがなにより好きで、ママはオパに家で休んでてほしい。

「なんのつもりだ？」オパはわたしがトランプを前におくとたずねた。

「ポーカー教えてくれないかなと思って」

オパが首を横にふる。「もう三年もやっとらんからな」

「それがなに？　あ、負けるのがこわいんでしょ？」わたしはニヤッとした。

オパの目がいたずらっ子みたいにキラリと光る。「チップをとっといで」

ひゃーっ、ルールだらけ！　なんか書きとめておけるものをさがしたけど、見つかったのはお客の注文をとるメモだけ。ま、これでいいや。オパが教えてくれたやり方だと、ひとり五枚カードを配られる。そのうち何枚か交換《こうかん》して、自分の手札《てふさ》でチップを賭《か》ける。で、手札の組み合わせが強いほうが相手のチップをもらえる。

「だいじなのは配られたカードじゃない。そのカードをどうするかだ」オパは教えてくれた。

一時間くらいでおやつ休憩《きゅうけい》にした。オパがフォーチュンクッキーをつまむ。オパはフォーチュンクッキーが大好きだから、ひと箱もってきた。「アルミホイルで包んであると高くつくが、このほうがおしゃれだ」

「去年、ママといっしょにサンフランシスコのフォーチュンクッキー工場見学に行ったんだ。クッキーがベルトコンベアーにのってどんどん流れてくると、まだあったかいうちに係の人が手でそのなかに占《うらな》いの紙をいれて形を整えるんだよ」

わたしはナプキンを折《お》って実演《じつえん》してみせた。

オパがふーんとうなずく。「中国ではめったに食べないが、アメリカ人はチャイニーズレストランに来るとフォーチュンクッキーを期待しとるからな。幸運の印《しるし》だと思って」

「ほんとに幸運の印なの？」

オパがウインクする。「そう願えばそうなる」

「サンフランシスコに行ったことある？」

オパがクッキーをもう一枚、ポリポリ食べる。「ない。オマもわたしも旅行はしなかった。店をほったらかしにはできんからね。わたしらがいなかったら、店はどうなる？」

それで一回しか来なかったの？

ママとオマが帰ってきた。セーターが何枚かとオパの釣り用ベストがかけてある玄関《げんかん》で靴《くつ》をぬいで、ただいまっていうなり、また口げんかをはじめた。オマはオパのほうを見ないままブランケットをかけてあげようとして、肩じゃなくて頭の上にパサッと落とした。

「シャーロット、そんなにここを出ていきたかった？　ニセモノ料理をつくるために？」

ママが顔をしかめる。

わたしは助けを求めてオパのほうを見た。やっとブランケットから脱出《だっしゅつ》したところだ。

「わたしの仕事はロスにあるの。ラストチャンスで撮影はできない。フードスタイリストが仕事なのよ」ママがくやしいのをがまんしてるみたいにいう。

オマの顔つきからして、フードスタイリストとペパロニピザの区別もついてない。

今日のけんかがはじまったのはたぶん数分前だろうけど、どう考えても何年もつもりつもった結果だ。

ママが歯を食いしばるようにしていう。「クライアントのなかには、アメリカ最大の企業も入ってるの。わたしの仕事は芸術だと考えられているから。マクドナルドの新作コマーシャルのフライドポテトをコーディネートしたのはわたしなのよ！」

「フライドポテト？　あんなのほんものの食べものじゃない」オマがレモンをかじったみたいな顔をする。

　へー、そうなんだ。てっきりポテトって食べものだと思ってた。

　ふたりがえんえんとけんかしてるので、オパはまたブランケットを頭からかぶってしまった。

11

　木曜日はホットチョコソースがけのアイスクリームサンデーが半額の日。わたしはまた〈ベン・フランクリン〉に来て、エヴァがピーナッツとメープルヌガーぎっしりのチョコバーをつぶしてホイップクリームに混ぜてアイスにトッピングするのをながめてる。

　ママの本棚《ほんだな》にあった古い『マッド』誌《し》を一冊もってきてみた。ママは、この雑誌《ざっし》のパロディマンガでユーモアセンスをみがいたのかな。ラストチャンスに来てからあんまり笑わなくなったけど、ママってほんとはすごくおもしろい。前に、ジンジャーとふたりでママのアイライナーでおたがいの顔にひげを描《か》いてるのを見つかったことがある。「メイジー！　ジンジャー！　だめでしょ！」怒られてかたまってると、ママはつづけた。「ひげにはアイシャドウをつかいなさい。そのほうがうまく描けるから」そういってママは、自分の顔にお手本を描いて見せてくれた。

　同い年くらいの女子が三人、ソーダファウンテンのいちばん奥《おく》の席にすわっている。ひとりがもうひとりにまるで不満みたいにしゃべってる。「あたしのまつ毛、長すぎちゃって」三人目はたいくつそうな顔をしてる。きれいな子だな。ブロンドの長い髪《かみ》で、YouTubeで人気のインフルエンサーにいそう。あれはきっと調子のってるタイプ。

「ロサンゼルスから来たってきいたわよ」

はあ？　あのふたりがしゃべってるのって、わたしのこと？　きこえてるってわかってるのかな？　それともわざと？

「自分のほうがあたしたちよりスゴいって思ってるんでしょうよ、ね、ライリー？」

きれいな子は返事しない。

いじわる女子その一がまぶたを横に引っぱってつり目をつくってみせる。

その二がケラケラ笑う。「ちょっとキャロライン、ウケるってば！」

火がついたみたいに顔がカーッとしてくる。なんでこっちが気まずくならなきゃいけないの？

サンデーを食べはじめたばっかだけど、店を出ようと席をたった。

「やーだ、あの子ってばジョークもわかんないのね」その一のキャロラインがいう。

あんまりあわててたから、ちょうど入ってこようとしてたローガンにぶつかりそうになった。

「やっ、メイジー！」

返事どころじゃない。とにかくここから出なきゃ。いますぐに。

オマが、片づけ用のトロリーを指さす。「八番からね」テーブルには番号がついてる。

トロリーについてるグレーのかごが、あっという間に食器《しょっき》でいっぱいになる。ママがやってたのをまねして、使用済みのお茶のパックでガラスのテーブルをキュッキュッて音がするまでふく。テーブルがきれいに片づくと、だいぶもやもやがはれてきた。

オマをさがして厨房《ちゅうぼう》に入ると、デイジーがいた。「かわいいワンピース」わたしはデイジーにいった。ロサンゼルスのレトロなフリーマーケットに売ってそうだ。「手作り？」

デイジーはぽっと赤くなって、お米をストックしてある棚を指さした。「ありがとう、メイジー。米袋《こめぶくろ》をつかってつくったの」

「ママは？」奥の事務所にいるオマにたずねた。

「オパを医者に連れてった」オマは電卓《でんたく》もつかわずにレシートを集計している。「咳《せき》が出ててね。おまえのママは心配性だから。オパは元気なのに。どこもわるくないのに」

どこもわるくないなら、なんでわたしたちはまだここにいるわけ？

わたしはまた壁《かべ》の写真をながめた。お客さん？　友だち？　それとも親戚？　古くて色あせて、幽霊《ゆうれい》みたいに見えるところが気に入ってる。写真の下に名前が書いてあるのもある。ジャック、モンティ、フランク。どの人も、まっすぐカメラを見つめている。わたしのほうをじーっと。

「だーれ？」思わず声に出していう。店に来るたびにながめてるから、もう昔《むかし》なじみみたいな気がしてきた。重たそうな米袋をかかえている男の人のことをオマにきいてみようとしたとき、デイジーがキッチンから顔をのぞかせた。「ねえ見て、メイジー、あたし、料理《りょうり》してるの！」そういって、両手につかんだネギを振《ふ》ってみせる。

オマがやれやれというふうに首を横にふった。ノーメイクだけど、短いグレーヘアが似合《にあ》ってきれいだ。今日はチョウチョのバレッタで前髪をとめている。この前買ったのと似てる。っていうか……よく見たら、わたしの！

「わたしひとりじゃ、ぜんぶ作れないから」オマが、キッチンに引っこんだデイジーのほうにうなずいてみせる。「オパの具合がわるくなって料理をはじめさせたんだけど。まあ、あのときはまだあの子の頭のなかが風船みたいに空《から》っぽとは知らなかったから」

「わたしも手伝うよ」わたしはオマにいった。

オマがわたしのほっぺたにチュッとキスをする。「メイジー、いい子だね」

わたしにはこんなにやさしいのに。なんでママとは仲よくできないの？

12

まだ事務所でトランプを切る練習中《れんしゅうちゅう》。オパのトランプを一セット、もって歩いてる。左右の手でパラパラっとやるリフルシャッフルをマスターしたとき、ママが入ってきた。

「オパはどう？」わたしはトランプをおいてたずねた。

「家で休んでる」ママがこめかみに指を押しあてる。頭が痛いときにするしぐさだ。「お医者さんも、店に来ないで家でおとなしくしてるほうがいいって。あんまり興奮《こうふん》するのはよくないんだって」オマはカウンターをゴシゴシやって、きいてないふりをしてる。

デイジーが、ギョウザを包みながらぶつぶつひとりごとをいっている。「具を入れて包む。具

を入れて包む。具を入れて包む……」

ママが引き出しをゴソゴソやってアスピリンをさがしだす。「メイジー、なんかあった？」ママはいつだって、わたしになにかあると気づく。

「からかわれた」

まだ気にしてるなんてバカみたい。あんな知らない子、どうでもいいのに。なんでいじわるされると、親切にされるよりも深く心に残っちゃうんだろう？

デイジーが話にくわわってきた。「ひどいことする人っているよね」

オマが揚げハルマキをのせたトレーをもってとおりかかった。ママが手をのばしてひとつつまむ。「オパにお昼をもっていかなくちゃ」ハルマキをかじりながらいう。

「わたしが行く。そのままオパについてるよ」わたしはいった。

ママがうなずく。「そのほうがオパもよろこぶわ」

めずらしくオマがママに反論《はんろん》しない。わたしが店を出ていこうとすると、オマが小さな声でいった。「いじめっ子なんかほっときな」

13

〈ゴールデンパレス〉を出て五歩も歩かないうちに、ローガンがふり落とされそうな勢《いきお》いで自転車で角を曲がってきた。それからスピードをゆるめてあとをついてくる。

「なに？」思わずきつい声になる。

ローガンの笑顔がとっさに引っこんだ。「これ。〈ベン・フランクリン〉に忘れもの」

あ、『マッド』お礼をいおうと思ったら、もう走っていっちゃった。

ううう……これじゃ、わたしもいじわるしてるみたい。


食事をもって帰ると、オパがテレビを観《み》ていた。やたら陽気でテンション高いジャンカルロ・カルロス・フランコっていう男の人がやってる「アメリカの小さな町の大きな料理案内」っていう番組だ。白いスーツ着てスープのむって、どういう感覚？

「そうとも！」オパが賛成の声をあげる。「スープってのは見くびられとる。〈ゴールデンパレス〉じゃ種類《しゅるい》がたくさんある。ワンタンスープ、サンラータン、卵《たまご》スープ……」

カルロスはペンシルベニア州のドイルスタウンにあるカフェで、スパイシーな野菜スープを指さして興奮してさけんでいる。「激《げき》ウマの一品！」フットボールの試合でタッチダウンを決めたかと思うレベルの熱量《ねつりょう》。

「ヤブ医者め、情報番組を観るのはやめろとぬかしやがった。ストレスの原因だとさ。メイジー、ストレスの原因がなにか、知っとるか？　あのヤブ医者だ」

そういってオパは、わたしが手にしてる赤い仏塔《ぶっとう》の絵がついたテイクアウト用容器を見てふざけた。「またチャイニーズか？」

もしかしてオパはチャイニーズにあきちゃって食欲《しょくよく》がないのかな。

「こんど町でなんか買ってくるよ。ウェルナーさんのウィンナーとか……」

「だめだ！」オパが大声を出す。「ウェルナーのところのものなんか食わん。一生な」

「そんなにまずいの？」

オパは、ちがうちがうと手をふった。「うまい。だが、わたしがそういったとはウェルナーにいうな。この家ではウェルナーは禁句《きんく》だ」

オパがまたテレビのほうをむく。カルロス！がしゃべっている。「コース料理はひとつの物語です。前菜、主菜、デザート！　はじまりがあって、メインがあって、やがてハッピーエンド！」

「物語って大好き」わたしはいいながら、トマトと牛肉のヤキソバをお箸《はし》でつまもうとする。ちょっとずつうまくなってるけど、やっぱり麺《めん》がつかみにくい。「ね、オパ、事務所の壁にはってある写真の人たちってだれ？」

「家に帰る途中の人たちだ」オパはフォーチュンクッキーを割《わ》ったけど食べない。料理もちょこっと口をつけただけ。「走れ、歩くな」フォーチュンクッキーに入っていた占《うらな》いを読んで笑う。

「立っていられるだけでもありがたく思え」

「うちのご先祖《せんぞ》ってラストチャンス出身じゃないよね。そもそもどうやってこの町に来たの？」

『オズの魔法使《まほうつか》い』のドロシーは家ごと竜巻《たつまき》に吹きとばされてオズの国に来た。

「先祖の話なんぞ、どうせたいくつだぞ」オパは、わたしがお箸を一本ワンタンにつきさしてシシカバブみたいにして食べているのを、おもしろそうな顔でながめている。「船旅《ふなたび》やら無法者《むほうもの》やら金山《きんざん》やらの話に興味《きょうみ》なんぞないだろう？」

口のなかがワンタンでぱんぱんだけど、とにかく返事。「ううん、ある！」

「そうかそうか、どうしてもききたいっていうんだな」オパが水のコップに手をのばす。ひと口すするごとに、背筋《せすじ》がシャキッとして顔つきが明るくなった。「よし、世界の反対側にいるところを想像してごらん。いまから百五十年以上前だ。中国が飢餓《きが》と恐怖《きょうふ》に支配されていた頃《ころ》だな。だが、ある寒い冬の夜、希望の光が……」

すでにおもしろそう。

はじまり　一八五三年

昔《むかし》むかし、中国の田舎《いなか》の町はどこも戦争で荒れ果てていた。だれもが危険にさらされ、何百万もの命が失われようとしていた。そんなとき、広東省《かんとんしょう》の小さな村にひとりの赤ん坊が生まれた。両親はうれし泣きをしたし、まだ幼い長女は弟の姿に目をかがやかせた。

ところが、よろこぶ人ばかりではなかった。粗末《そまつ》な家の暗いすみから、不満そうな声がした。

「また食わせる口が増えた。まあ、少なくとも男の子だ。女の子より価値がある」

年老《としお》いたおじのその言葉をきいて、幼い姉はやりきれなさに頭をかかえた。そのとおりだとわかっていたからだ。男の子は、成長すれば年老いた親たちのために稼《かせ》ぐことができる。女の子は重荷になるだけだから、ほかの家に嫁《とつ》がせて厄介払《やっかいばら》いするしかない。

父親が名前を考えているとき、姉は泣いている赤ん坊をながめていった。なんて小さい弟……。

「この子が生まれてラッキーだから、『ラッキー』って名前にしようよ」

数年後、やっと戦争がおわったものの、人々の暮らしは苦《くる》しかった。そのころには村人の数は半分に減《へ》っていた。ラッキーの年老いたおじも姉も亡くなっていた。ラッキーは成長して父と畑仕事をしていた。作物《さくもつ》はじゅうぶんにとれず、家族はいつも飢《う》えていた。それでも収穫《しゅうかく》があると母親が料理をしてくれる。ラッキーはその姿を見るのが好きだった。

ガリガリでもたくましいラッキーは、みんなに好かれていた。市場ではよく、村人たちの楽しいうわさ話に耳をかたむけていた。いちばん好きなのは、金が山ほど手に入るというふしぎな場所の話だ。アメリカという国では、だれも飢えたりしないという。

「うちの孫は船で海をわたったんだ」ひとりの老人が自慢《じまん》する。「金山を見つけて、いまじゃ毎月、金を送ってくれる」

「そんな国がほんとうにあるんですか？」ラッキーはびっくりしてたずねた。

老人はポケットからピカピカ光る金の塊《かたまり》をとりだして、高々とかかげた。「これが見えるだろう？　アメリカだってこうして実在してる」

その瞬間《しゅんかん》、ラッキーは自分の運命を知った。

14

ラッキーの話をきいてから何日もたつ。はやくつづきがききたいというと、オパは答えた。

「いい物語というのはいい料理のようなもので、急ぐと台なしだ。そのうちすっかり話してやるよ」そういいながら、カーテンをあけて日差しを室内にいれた。

つぎの日、わたしはまだ考えていた。広いアメリカのなかで、ラッキーはどうしてよりによってラストチャンスに来たんだろう？

「話さなきゃいけないことはたくさんあるが、そのうちな」オパがいう。

「きのうもそういったし、その前も、その前の前もそういってた！」

オパが笑う。「ここはラストチャンスだ。ロサンゼルスじゃない。ここいらじゃ、だれもそんなにせかせかしないぞ」

ママがまたオパをお医者さんにつれていった。で、ふたりともクタクタになって帰ってきた。オパは心臓病《しんぞうびょう》だ。でもそれをきくとオマはキレる。「あんなに心臓の強い人はどこにもいないのに、なにをばかなことを！」

オパが昼寝をしているので、わたしは〈ゴールデンパレス〉に行った。バドの手をポンッとさわる。最初見たときにこわかったのが信じられない。たぶん、クマなんて見たことないからだと思う。ママは厨房《ちゅうぼう》のそばに立っている。ホームズ校長といっしょだ。今日のTシャツのプリントは、“Book Nerd”（本オタク）。ホームズ校長が店に来るたびに、それってしょっちゅうだけど、ママは手をとめて話をする。仕事中にじゃまだと思うんだけど。

デイジーがオパの夕食をはいっと手わたしてくる。「なんかいうことない？」

「ありがとう？」

「新作だよ！」デイジーが持ち帰り用の紙袋を指さして声をひそめる。「ビニール袋は分解するのに千年以上かかるの」そこでぐっとテンションがあがる。「おばあちゃんを説得して、このリサイクル可能な袋にかえてもらったんだ！」

「わあ、すごーい！」そういうと、デイジーはニカーッとした。クラクラするほどまぶしい笑顔。おもしろいな、ひどいことをいわれたら一日が台なしになるし、ひと言ほめられただけでこんなにハッピーになることもあるんだから。

まだ店にいたかったけど、オパのところにもどらなきゃいけない。お守《も》りをするのがわたしの役目だから。お守りとはだれもいってないけど、ほんとうにそんな感じ。ママは、オパにつきそってくれたらおこづかいをあげるといっている。お金なんかいらないっていったけど。へんな感じ。数か月前はほんとうにベビーシッターのバイトをしてた。いまは、おじいちゃんのお守り。

「メイジー？」

「ただいま、オパ。昼寝できた？」

「すっきりりだ。夕食前にポーカーだ！」

オパがからだを起こすのに少し手間どった。手伝ったりしないほうがいいのはわかってる。いつもするのは、ファイブカードドローっていうゲーム。ひとり五枚カードが配られて、気に入らないときは交換《こうかん》できる。

「五枚のカードがうまく合わさって役割《やくわり》を果たす必要がある」オパが説明する。「チャイニーズの料理とおなじだな。味は主に五つ。酸《す》っぱい、甘い、苦い、辛《から》い、塩《しょ》っぱい。それが合わさってうまくバランスをとると、すぐれた料理となる。五枚のカードがうまく合わさると、ゲームに勝てる」

覚えなきゃいけないことがたくさんだ。ロイヤルフラッシュとかフルハウスとか。カードの組み合わせの名前だけでもいっぱいある。

用語もすごくへん。「フォールド」はゲームをおりることで、「ブラフ」は実際《じっさい》よりもいいカードをもってるふりをすること。「ダブルバレル」は二回連続してチップを賭けることで、相手を追いつめることができる。

オパはいっている。「最初からほしいカードをぜんぶもっているなんてことはめったにない。ポーカーは偶然《ぐうぜん》のゲームだ。人生とおなじだな」

わたしはチップを五十枚ずつに分けた。このチップをつかって賭けをする。しかも、これって重ねるのが楽しい。

ジンジャーは、「心配の石」をもち歩いてる。ストレスの種《たね》が山ほどあるから。クモやらマヨネーズやら、お母さんみたいにいい歯科《しか》大学に入れるかどうかやら。石を十回こするとストレスが消えるって主張《しゅちょう》してる。効果《こうか》があるなら、うまくいってるってことだ。でっちあげでもなんでも。

わたしはチップを二枚、幸運のおまもりとしてポケットにしのばせた。それくらい、やってもいいよね？

「考えていることを顔に出しちゃいかん」オパが片手でカードを五枚もつ。わたしは両手をつかう。「相手にカードを見られないようにするんだ。目をしっかり見ひらいて、耳をすます。口数が多いプレーヤーは、たいていカードが弱いのをさとられまいとしてる」

カードを交換するタイミングはわかってきたけど、勝つにはどんな組み合わせが必要かはどうしても忘れちゃう。

「待って！」わたしはオパにいって、注文票のメモをとりにいった。

もどってくると、オパは眠ってた。わたしは自分の部屋に行って、鏡《かがみ》の前でポーカーフェイスの練習《れんしゅう》をした。なにを考えてるか相手が想像できないように無表情になる。こうすれば、わたしがホームシックになってるってだれにも気づかれないかな。

15

ラストチャンスに来て三週間。ジンジャーとまともに話せてない。この家の電話はキッチンに備《そな》えつけの一台だけ。しかもオパはやたら会話に加わりたがる。この前なんか、電話中にさけんでたし。「ジンジャーに教えてやれ。わたしは前にクモにかまれて、脚《あし》にふたつ目の頭が生えてきたみたいにはれあがったことがあるんだぞ！」

ジンジャーは最近、マヤとアンディとつるみだした。ふたりとも超いい子だけど、三人が親友になって、ジンジャーがわたしのこと忘れちゃったら？

井戸《いど》の前の駅舎《えきしゃ》で、ママの本棚からもってきたジュディ・ブルームの『いじめっ子』を読んでいる。日影《ひかげ》で昼寝《ひるね》してた犬が顔をあげた。ピーッと口笛《くちぶえ》がきこえてきたからだ。

ローガンが願《ねが》いの井戸の横にいて、釣《つ》りざおとバケツをもって通りかかった小さい男の子を口笛で呼びとめてから声をかけた。「やっ、フィン！」わたしはどんな顔していいかわからなくて本で顔をかくした。この前会ったとき、感じ悪くしちゃったし。「ワームのテストはうまくいった？」

「うん！」フィンが捕《つか》まえた魚を見せる。まだモゾモゾ動いてるのもいる。

「ありがとう。近々また追加をあげるよ」ローガンはいった。

歩いていくフィンのあとを昼寝犬がついていくけど、ローガンはまだぐずぐずしてる。

「ハイ、ローガン」とうとう本をおいて声をかけた。「ワームのテストって？」

ローガンがうなずく。「まっ、自慢じゃないけどさ、ぼくの家は釣り具屋をやってるんだ。うちのミミズ《ワーム》は最高なんだ。フィンからは一度もお金はとってなくて……べつに理由はないんだけど」

なんか、ローガンを見る目がかわった。にらんじゃってわるかったな。

「えっと、じゃ、もう行くね」ローガンが歩きだす。

きこえないといいけどって半分思いながらいってみる。「よかったらいっしょにどっか行かない？」

くるり！　ローガンがすぐに引きかえしてくる。「うん。うん。そうしよう。ありがとう！」

そんなうれしそうな顔されるとこっちが恥《は》ずかしい。でも、わたしもついニッコリしちゃった。

16

ポーカーはかなり上達《じょうたつ》してきた。

「プレーしているときは、相手を見極《みきわ》めなければいけない」オパがグラスをおきながらいう。「人生とおなじだな。ポーカーがはじまるのは、ゲームをはじめるときじゃない。プレーヤーがテーブルにつく前からはじまってるんだ」

わたしはまずはオパのグラスに、それから自分のグラスにレモネードを注いだ。ロサンゼルスの家には庭にレモンの木があるけど、ここではレモネードは粉《こな》でつくる。オパがつづけていう。「相手をよく観察《かんさつ》すると、どんなカードをもってるか、ヒントが見えてくるはずだ。これを〝テル《テル》〟という。相手の動きのどんなささいな変化からも、なにを考えているかがわかるからね。たとえば、わたしがラストチャンスは好きかたずねたとき、メイジーは少しためらってから『最高！』って答えただろう？　あれで、メイジーが答えを迷っていたのがわかった。しかも、声がいつもより高かった。自分にいいきかせているみたいにね」

オパはマジシャンみたいに服の袖《そで》からハンカチを引っぱりだして、口にあてて咳をした。わたしはオパに、フォーチュンクッキーを何個かわたした。

「『今日もすぐに明日になる』」オパは占いの紙を読みあげると、ポイッと捨てた。「クッキーはうまいが、占いはくだらん」

わたしはうなずいたけど、頭のなかはテルのことでいっぱいだった。この前、オマが〈ゴールデンパレス〉のお客についてまったくおなじことをいってた。「お客はメニューを読んで、わたしはお客を読む。どの客がケチでどの客がごちそうにはお金を惜しまないか、わたしにはわかるの」

そういえば前にラストチャンスのウィットロック町長が、半チャーハンは値段《ねだん》も半分にすべきだっていってるのを見たことがある。半分つくるのも一人前つくるのと労力はかわらないってことがわかってない。

レディ・マクベスはいつもいちばん高いメニューを注文して、残して帰る。男の人たちはよくだれがお勘定《かんじょう》をもつかで争ってるし、女の人は割《わ》り勘《かん》が好き。

食べ方でも、その人のことがよくわかる。オマは自分がひと口食べる前に、自分の料理をほかの人がどんな顔して食べるかを見る。ママは料理が完璧《かんぺき》に見えるように盛《も》りつけを工夫する。そしてオパは、お皿《さら》の上の食べものをちょこちょこ動かして、たくさん食べてるふりをする。ほんとはほとんど食べてないのに。

「ねえオパ、ラッキーの話のつづきしてよ」

オパはお皿を押しのけてうなずいた。「よし、じゃあ、どこまで話したっけな？　ああ、そうそう。金山がある場所のことを知ったところだったな……」

金山　一八六九年

数年がかりでラッキーは、両親とともにお金をかき集めてアメリカへの渡航費《とこうひ》を工面《くめん》した。アメリカで必死にはたらいてひともうけしたら、また中国に帰るつもりだった。

太平洋郵船《ゆうせん》会社の航路《こうろ》には、ホンコン、シャンハイ、サンフランシスコが含《ふく》まれていた。公式にはアメリカ政府の郵便を運ぶのが役目だけど、ほかにも輸送《ゆそう》しているものがあった。中国の移《い》民《みん》だ。ラッキーの乗った船はおなじ夢を胸に抱《いだ》いた人たちでいっぱいで、そのなかにおなじ村出身のリー・ウェイもいた。船上の生活は過酷《かこく》で、多くの人が亡くなり、遺体《いたい》は海に葬《ほうむ》られた。約五十の昼と夜を切りぬけ、船は金山、つまりサンフランシスコに到着した。つい数年前に男たちが金を発掘《はっくつ》して財《ざい》を成《な》した場所だ。

「とうとう着いたぞ！」ラッキーは、リーにむかってさけんだ。農村から来たふたりは、四階建《よんかいだ》てのビルや馬車が行き交う石畳《いしだたみ》の通りを見てびっくりぎょうてんした。なーんだ、白人には角《つの》やら牙《きば》やらが生えてないじゃないか、と笑いあった。なにしろ、村人たちにそう脅《おど》されていたから。

一八六〇年、ラッキーはまだ十六歳になったばかり。カリフォルニアのゴールドラッシュはおわっていたけど、金鉱《きんこう》ではたらくために来た中国人はほとんど残っていた。そもそも帰りたくても旅費《りょひ》がない。おなじ仕事をしても賃金《ちんぎん》は低く、なんの権利《けんり》も与えられない。見た目も白人とはちがうから、疑《うたが》いの目を向けられる。

ただし、仕事はたくさんあった。西海岸から東へむけてはじめて大陸《たいりく》を横断《おうだん》するセントラル・パシフィック鉄道が労働力《ろうどうりょく》を必要としていたし、中国人は勤勉《きんべん》で命がけの仕事もいとわないと思われていた。

線路を敷《し》くために、かたい花崗岩《かこうがん》の山を切りひらかなければいけない。その仕事はまさに命がけだった。なかでももっとも危険な仕事のひとつに、〝チャイナマン〟をロープにくくりつけて崖《がけ》の側面におろすというものがあった。チャイナマンが花崗岩をハンマーで砕《くだ》き、ダイナマイトをしかける。爆発前にぶじに引きあげてもらえるかどうかはタイミングだのみだ。二万人もの中国人移民がこの鉄道建設のためにはたらいていた。そして悲しいことに、何百人もの命が危険な作業中に失われた。

それでもラッキーとリーは、鉄道の仕事にありつけてホッとした。中国で飢え死にするよりましだったから。

17

ママとオマはしょっちゅうけんかをしてるけど、原因はどうでもいいことばっかり。ママのメニューの重ね方が気に入らないとか、オマが読みもしない雑誌を捨てないとか。オマとオパがコマーシャルの撮影現場《さつえいげんば》に来てママとひと言もしゃべらないで帰っちゃったときのことは、禁句になってるみたいだ。

ふたりのあいだにただようピリピリ感ときたら、オパの朝食のおかゆなみに濃《こ》い。オパはおかゆに青ネギと塩漬《しおづ》けの魚を細かくくだいたものをふりかけて食べている。わたしもそのおかゆは好きだけど、オマが見てないすきにしょうゆをドボドボかける。「香水とおなじでしょうゆは控《ひか》えめに」ってオマがデイジーにいってるのをきいたことがあるから。

デイジーは、クリームチーズ入りワンタンを揚げるのがプロ級になりつつある。うちの先祖はまちがいなく食べたことない料理だな。シフトがおわると、デイジーは店の裏にあるコンポスト用ゴミ箱《ばこ》から食べのこしを集める。最近、オマを説得《せっとく》してリサイクルをはじめた。「アメリカ人の九四パーセントがリサイクルをしているのに、ラストチャンスは下位六パーセントに入ってるんです。だからって、〈ゴールデンパレス〉が独自のリサイクルをできないってことにはなりません」といって。

たぶんデイジーはオマを根負《こんま》けさせただけだと思う。緊張《きんちょう》しすぎてまばたきばかりしてた。それがデイジーの〝テル〟だ。

オマがとうとう「わかった。ただ、リサイクル担当《たんとう》はまかせたよ。分別《ぶんべつ》なんかしてる時間がないから」といったとき、デイジーは大よろこびで、午後じゅうディズニーの歌をうたいつづけてオマにやめろっていわれてた。

デイジーって勇気《ゆうき》があると思う。どんなにこわくても、信じてることのためならちゃんと声をあげる。たぶんオマもそう思ったみたい。デイジーが見てないときに、デイジー用のチップ入れにこっそりお金を足してるのを見たから。

18

さっきまでローガンが店にいた。これでいっしょに遊ぶのは四回目。ローガンは厨房にいるのが好きだ。「魔法が起きる場所だね！」って。オマは意識《いしき》してないふりをしてるけど、ローガンがいるとクリームチーズ入りワンタンをさりげなく多めにつくる。「むだになっちゃうから食べちゃいな」とかいって。

町に出ると、ウィンナーのウェルナーさんが店の外の緑色のプラスティックのいすにすわっているのが見えた。ローガンが、ウェルナーさんとオパは昔は親友だったけどなんか事件があって仲たがいしたといっていた。そういえばオパは、ウェルナーさんの名前は禁句っていってたな。料理がおいしいのは認《みと》めるけど、って。もしかしてウェルナーさんのウィンナーを買って帰ったら、食欲《しょくよく》がもどるかもしれない。

わたしはポーカーで習得《しゅうとく》した技をつかって、なんてことない顔をしてウェルナーさんに話しかける。オパに知られたら、かなりめんどくさいことになる。

「取り引きしませんか？」声がふるえてるの、気づかれちゃったかな？

「ジョニーとリディアのところのお孫《まご》さん、だね？」

わたしはうなずいた。ああ、そっか、この町に来た日に〈ベン・フランクリン〉にいた人だ。オレンジ色のセーターを着てた人。「メイジー・チェンです」

「で、取り引きっていうのは？」ウェルナーさんが店に入っていくあとをついていく。

「これと交換《こうかん》に、とっておきのホットドッグを二本」わたしは、オパと自分のぶんのランチをかかげてみせた。それから、〝ステークス〟をあげた。ポーカーで賭けるチップの最小サイズのことで、ステークスをあげれば勝ちとれるチップが多くなる。「ジンジャービーフのジュージュー焼きだけじゃなくて、ハニーグレーズのポークチョップも入ってます」これにつられない人なんていないはず。

ガーリックとバーベキューソースのにおいがぷんぷんしてる店内で、わたしはポーカーのチップの山みたいにテイクアウト用の袋をカウンターのむこうに押しやった。こっちは〝オールイン〟、つまりもってるチップをぜんぶ賭けた。つぎはウェルナーさんが賭ける番。わたしが差しだしたのと同等《どうとう》のものを賭ける〝コール〟か、〝フォールド〟してゲームをおりるかのどっちかだ。だけど、〈ゴールデンパレス〉の料理がかかってるというのに取り引きに応じない人なんている？

ウェルナーさんがおもしろがってるような顔をする。「ブラートヴルストはだれ用？」

「わたしと……あと、友だち」

うそってわけじゃない。

ウェルナーさんは、ステークスを査定《さてい》するみたいにわたしが出した袋を見つめた。「よし」ほかにお客はいないのに声をひそめる。「どうせだれにもわからないしね」

ブラートヴルストがグリルの上でジュージューいっている。ウェルナーさんがさりげなくきいてきた。「おじいちゃんは元気？」

「病気なんです」

ウェルナーさんはこっちに背をむけていたけど、ビクッとしたのがわかる。ふりむいて、なにかいおうとして口をひらいたけど、すぐにまた気がかわったみたいにとじる。

「あの、なにか？」

ウェルナーさんがうなずく。「ああ、うん。いちおういっておくが、ブラートヴルストだよ。ホットドッグじゃない」

家に帰ると、オパが鼻をくんくんさせた。カルロス！は今日はミシガン州のフランケンマスで、バターヌードルとフライドチキンを食べている。「なんのにおいだ？」

身を乗りだしてるってことは、どうせわかってるくせに。

「ブラートヴルスト。ひとつどう？　四つあるんだ」ふたつってたのんだのに、ウェルナーさんは四つも入れてくれた。

オパが欲望とたたかっているのがわかる。「わたしが食べるぶんとはウェルナーにいってないだろうな？」

いってないよ、と首をふる。

オパは待ちきれないって感じで包みをひらいて、わたしにひとつよこした。

「三……二……一」同時にパクッ。

手づくりのバンズは外側がプレッツェルみたいでなかがフワフワ。グリルドオニオンとピーマンとスパイシーなマスタードのあいだにブラートヴルストがうもれている。おいしーい！　わたしたちは思わず笑っちゃった。

オパは目をとじて味わってる。「どうせだれにもわからんしな」

あっという間にふたりで四つ平らげた。オパがこんなにもりもり食べるの、はじめて。

「ウェルナーに英語を教えてやったのはわたしだ」オパが自慢げにいう。

「えっ、そうなの？」

「あいつは小学校のとき、家族で移住《いじゅう》してきたんだ。家族全員、ドイツ語しかしゃべれなかった。話す言葉はちがっても、わたしたちは友だちになった。ずいぶん長いこと、あいつがなにをいってるか理解できるのはわたしだけだったな」

たまに、ジンジャーとわたしもそんな感じのときがある。

「アクセント、自然だったよ」わたしはいった。

「先生がよかったからな！」オパが満足そうな顔をする。「毎日、英語を教えてやった。あいつもわたしにドイツ語を教えてくれた。そうやって親友になった」

「ウェルナーさん、オパの親友なの？」口をきいてないんじゃなかったの？

カルロス！がスパイシーケイジャンジャンバラヤをひと口食べて「激ウマの一品！」ってさけんでるけど、オパはきいちゃいない。表情が急に暗くなった。「親友だった、だ」ひとり言みたいに訂正《ていせい》する。ブラートヴルストが包んであった紙を見つめてから、わたしを見た。「あいつの話はしたくない。それに、ラッキーがどうなったかききたいんじゃなかったのか？」

キャンプ生活　一八七〇年

ほかの多くの人たちとおなじで、ラッキーも家族に、なけなしのお金といっしょに明るい手紙を送っていた。ほんとうのことなど、恥ずかしくて話せない。

中国人に対する扱いはひどいものだった。いちばん危険な仕事をさせられているのに賃金は低く、しかも白人と住む場所をわけられていた。やがてラッキーは、中国人キャンプの料理人になった。もともと母親が料理をするのを見るのが好きだった。お米は必ず出して、ほかにも魚や鶏《とり》肉《にく》、果物《くだもの》や野菜でいろんな料理をつくる。「故郷《ふるさと》の味がする」とみんながいった。

夜になると、みんながギャンブルで時間をつぶしているあいだに、ラッキーとリーは夜ふけまでしゃべっていた。夜空には中国とおなじ星が出ている。よくホームシックになったけど、少なくともおたがいがいた。

ある朝、ラッキーが朝食を出していると、鉄道工事の現場監督《かんとく》が馬にのって中国人キャンプにやってきた。そして、無言でリーを指さした。

ラッキーは背筋《せすじ》がゾクッとしてさけんだ。「行っちゃやだめだ!」監督が去ったあと、リーに泣きついた。

「心配するな。オレはだいじょうぶだ」リーはラッキーにきっぱりいった。

しばらくして、地鳴《じな》りがした。ラッキーはガクッとひざをついた。だれにいわれるまでもなく、わかっていた。リーはもうもどってこない。

その後も料理人をつづけながら、ラッキーは決心した。こんな仕事はやめなきゃいけない。数か月後、サンフランシスコのフィリップス邸《てい》で料理人の助手の募集《ぼしゅう》があるといううわさを耳にした。フィリップス氏は有名人で、中国人をひとりの人間として扱《あつか》ってくれる数少ない白人だし、屋敷《やしき》の使用人のなかには中国人もいるそうだ。ラッキーは、その仕事に志願《しがん》しようと決めた。

19

たまに夜おそく、オパが眠っているときにこっそり外に出ると、ママとオマがけんかする声のかわりにコオロギの鳴《な》き声《ごえ》がきこえる。ロサンゼルスより星が明るい。いつもまっ先にさがすのは北斗七星《ほくとしちせい》。ラッキーもこの星を見てたのかな？

オパは、中国移民が二千マイルの鉄道を建設したといっていた。二千マイルといったら、ロサンゼルスからラストチャンスまでの距離《きょり》とおなじだ。ママはラッキーの話を知ってるのかな？一度もきいたことないけど。ラッキーがアメリカに来たかったのはわかったけど、うちの家族はどうしてミネソタ州に住むことになったんだろう。わたしだったら、もっといい場所をいくらでも思いつく。ロサンゼルスとか。

カリフォルニアのわたしの部屋からは、ヤシの木ごしに山が見えて、ハリウッドのサインがそのあいだにある。〝Hollywood〟のアルファベットを並べかえると、〝old whooly〟（古いケバケバ）とか〝howl doodly〟（遠ぼえのイタズラがき）とか〝hod woolly〟（レンガ箱のヒツジ）とか、いろんなおもしろい言葉がつくれる。ロサンゼルスにいればなにかしら、やることがある。

最近はローガンとよくつるんでる。ミネソタには一万一千八百四十二個の湖《みずうみ》があって、そのなかにはスペリオル湖とラストチャンスのビッグリトル湖も含まれているそうだ。ロサンゼルスのビーチのかわりに、ここでは湖で釣りやピクニックや日光浴《にっこうよく》をする。ローガンとわたしもたまに湖に行くけど、蚊《か》がいや。だから、町や駅舎《えきしゃ》ですごすことが多い。

オパといるときは、カルロス！がいろんなおもしろい場所に行くのを観《み》て行った気になるしかない。ママは、オパのからだをすごく心配してるのにやたら楽観的《らっかんてき》。オマはまだ、なんの問題もないっていいはってる。オマには、いくつか禁句の話題がある。オパの病気のこととか、ママとのこじれた関係とか。ママもそういう話はしない。ふたりは自覚してるよりずっと似てる。

今日のカルロス！は、アイオワ州アイオワフォールズで、焼きトウモロコシのベーコン巻《ま》きをふりまわしている。今週はベーコンウィーク。きのうは、ニュージャージー州モントクレアでベーコンドーナツを食べていた。

「ベーコンで巻けばなんだってうまくなる！」オパがカルロスに賛成する。「メイジー、ウェルナーの店にはベーコンのブラートヴルストもあるぞ。『激ウマ料理』といってもいい」そういって、横目でチラッとこちらを見る。「どうでもいい情報だがね」

今日のランチは決まり！

ベーコンを焼きながら、ウェルナーさんはオパの具合はどうかときいてきた。オパもいつもウェルナーさんのことをさぐってくる。わたしが運んでいるのは食べものだけじゃない。ふたりの元親友に、おたがいの情報を運んでる。

「〈ゴールデンパレス〉の景気《けいき》はどうだ？」

「いいよ」うそをついた。「いそがしいし。このお店は？」

「いいよ。いそがしい」

店内を見まわしてもお客はひとりもいない。「なんでランチしかお店をあけないの？」

「前はディナーもやっていたんだが、妻が四年前に亡《な》くなって……」ウェルナーさんの目に涙《なみだ》がうかぶ。見ちゃいけない気がして目をそらした。「タマネギがしみて」ウェルナーさんがつぶやく。「ドロレスが亡くなったあと、ひとりでランチとディナーを切りもりするのはきつくてね」

ふと、オマの顔が目に浮かんだ。

「娘《むすめ》がひとりいて、ボストンで弁護士《べんごし》をしている」ウェルナーさんは壁にかけてあるフォトフレームを指さした。「ケイトリンは小さな町でブラートヴルストを焼く生活なんかしたくないだろうな。まあ、むりもない」

ママの顔が目に浮かぶ。

「レストランの経営《けいえい》はきびしい仕事だ」ウェルナーさんがおでこの汗をぬぐう。〈ウェルナー・ウィンナー〉にはエアコンがない。「ケイトリンが店をつぎたがっていたら、そうさせていただろうがね。だが、妻とわたしがここでせっせとはたらけば、ケイトリンは好きな仕事ができるからね」

オマはママが〈ゴールデンパレス〉をつぎたがらなかったのを怒《おこ》ってるのかな？　それともべつの理由があるの？

カルロス！は正しかった。ベーコンを巻けばなんでもとくにおいしくなる。ベーコンブラートヴルストを食べたあと、オパはフォーチュンクッキーの占いの紙を見せてきた。

太陽は西に沈む

オパがフンッという。「アヒルだってもっとましな言葉を書ける」

あっ、いいこと思いついた！　わたしはフォーチュンクッキーをガバッとつかんで、立ちあがった。

「メイジー、どこへ行くんだ？」

「クワックワッ」あたしはアヒルになって階段《かいだん》をかけあがった。

20

今朝《けさ》、店で古い写真を何枚か壁からはずしてじっくりながめてみた。手のなかでボロボロになりそうなのも一枚あった。

ママの部屋でタイプライターを打ちながら、古いものとあたらしいもの、いろんな思い出のことを考えている。タイプライターって削除《さくじょ》キーがないんだ。もうむりかも。あきらめて、ペンを手にとる。クッキーから占いの紙をとりだすのはかんたんだけど、入れるのはむずかしい。三つ割《わ》っちゃったけど、四つ目にうまく紙をすべりこませることができた。

もどると、オパはまだカルロス！としゃべっていた。「そうとも、ベーコンは国宝《こくほう》に指定されるべきだ！」

わたしはさっきのクッキーをオパに手わたした。オパはふしぎそうな顔で受けとって割ると、ゲラゲラ笑いだした。

占いの紙にはこう書いてあった。「孫娘にラッキーの話をしてやりなさい」

フィリップス邸　一八七〇年

お屋敷なんて見たことなかったけど、ラッキーは自分の目の前にあるのがそれだとひと目でわかった。フィリップス邸は、サンフランシスコ湾《わん》のきらめく水面《みなも》を見わたす丘《おか》の上に建っていた。三階建てで、ステンドグラスの窓《まど》が宝石のようにかがやき、大理石の階段の先に広々とした玄関がある。

ドアをあけた男は、ボロボロの服を着て長い三《み》つ編《あ》み以外は髪を剃《そ》る弁髪《べんぱつ》という中国人の髪型をしたラッキーを見るなりいった。「施《ほどこ》しはしていない」

「お願いします、フィリップスさん」ラッキーは頭をさげた。「料理の仕事をしたくて来ました」

男が笑い飛ばそうとすると、奥から声がきこえてきた。「ジェンキンス、志願者か？」

キッチンは、ラッキーの中国の家の十倍くらいあった。黒い鉄のコンロから、ローストビーフと焼きたてのパンのにおいがしている。棚《たな》には食料がぎっしりで、果物や野菜がぱんぱんにつまったかごが床《ゆか》にいくつもおいてある。

ジェンキンスが手をあげた。白い手袋をしている。「ここで待っていろ。盗《ぬす》むなよ」

ラッキーはこわくて動けなかった。すっかりかたまっていると、バラの入ったかごをもった上品な女の人が入ってきた。いそいでわきにずれて道をあけると、その人がニッコリしたのでおどろいた。白くて長いエプロンをしたべつの女の人が急いで来てバラを受けとる。上品な女の人が出ていくと、バラを受けとった人がそちらのほうにうなずいてみせた。「あの方はフィリップス夫人、このお屋敷の女主人よ」

そう教えてくれた女の人は、料理長のバーニーさんだった。その陽気な表情のおかげで、ラッキーはやっと緊張《きんちょう》がとけた。バーニーさんにどんな料理をつくるのかきかれて、ラッキーは母の料理のことや、キャンプでつくっていた料理のことを話した。バーニーさんはほかの白人とはちがって熱心に耳をかたむけてくれ、中国語なまりやなかなか言葉が出てこないことを笑ったりはしなかった。

使用人たちが、白人も中国人も、キッチンを出入りするときにラッキーをチラチラ見る。「一《いっ》生懸命《しょうけんめい》はたらいて、お役に立てるようがんばります」ラッキーは約束《やくそく》した。

「で、いつからはじめられる?」バーニーさんがたずねた。

21

話がおわると、オパがいった。「ラッキーはキッチンの仕事が好きだったから、料理人《りょうりにん》になれて誇《ほこ》らしかったんだ」わたしは何日も、そのことを考えていた。

オマはきっと、心から〈ゴールデンパレス〉を愛している。いつも店にいる。わたしは店の手伝いが好きだし、とくにデイジーとおしゃべりするのが楽しい。でもママにとってはストレスでしかないみたい。

「この木箱《きばこ》、まだつかってるの?」ママがオマにたずねた。ママが箱をふると、お札《さつ》に混ざってコインがチャラチャラいう音がする。

「どこもこわれてないから」オマがムッとして答える。

「いいかげんレジをつかったら」ママがいう。

「そんなもんなくても何十年もやってきてるよ」オマがイラッとした声でいった。

「お客さんから、英語がうまいんだねっていわれちゃった」わたしは電話のむこうのジンジャーにいった。ママがたまにケータイを貸してくれる。「ほめてるつもりだろうけど、バカにしてるよね」

「そういうの、あたしもよくある。ただのいじわるのときだってあるしね」ジンジャーがいう。

「ほんと?　どんないじわる?」

「たまに知らない人があたしや弟を、『汚れたメキシコ人《ダーティメキシカン》』って呼んだり、『そのうち強制送還《きょうせいそうかん》されるんだろ』とかじょうだんをいったりしてくる」

そんなおぞましいことをいう人がいるなんて、考えたこともなかった。学校ではそんなことをいう人はいない。みんなジンジャーのことを知ってるから。

わたしとおなじでジンジャーもロサンゼルス生まれだ。移民《いみん》三世で、おじさんは海兵隊の将《しょう》校《こう》で、おばさんはカリフォルニア州の議員をしてる。まあ、たとえ先週移住してきたばっかりだとしても、そんな扱《あつか》いを受ける筋合《すじあ》いはどこにもないけど。

ローガンと〈ベン・フランクリン〉の外で待ち合わせ。ホットチョコソースがけサンデーの半額目当てだ。ローガンが手をふりながら走って来たと思ったら、止まらずにそのままかけていく。男の子ふたりに追いかけられていた。ひとりずつだとなんにもできないくせに、ふたりだといじめっ子になる。

〈ベン・フランクリン〉からいじわる女子その一とその二が出てくる。いじめっ子たちが走ってくるのを見て、わきにどいた。美人のライリーはいっしょじゃない。その一のキャロラインがわたしを見てニヤッとした。わたし、あなたになんかしました？

ジンジャーのことをからかうやつらも、目の前にいるいじわるなやつらも、なんなんだろう？男子のひとりがローガンのシャツをぐいっとつかんだ。心臓《しんぞう》がバクバクしてくる。むこうに気づかれちゃうかな？　なんか行動を起こさなくちゃ。だけど、なにをしたらいいかわからない。そのとき、オパにいわれたことを思い出した。「考えていることを顔に出しちゃいかん。相手にカードを見られないようにするんだ」

「やめなさい！」わたしは声をはりあげた。

すぐに、ふたりがローガンをはなす。

え、そんな？　そんなおびえさせる力があるとは思ってなかった。

「そういうことは二度とするな」男の人の声がした。「校内だったらすぐに停学《ていがく》だ。今回はとりあえず、保護者《ほごしゃ》に連絡しておく」ホームズ校長がいつの間にかうしろに立っていた。やさしい顔つきになって、ローガンに手を差しだす。「だいじょうぶか？」

「はいっ、もちろん！」ローガンは恥《は》ずかしいのをごまかして元気に答えてから、いじめっ子のほうを向いていう。「気にしなくていいよ、ね？」

いじめっ子たちがあとずさりしていく。角《かど》を曲がると、笑い声がきこえてきた。

「またね！」ローガンがいじめっ子に声をかける。

あんなことされてヘラヘラしてるって、信じられない。

ホームズ校長は、ふーんというふうにわたしを見ていた。え、なんかまずいことしたのかな？　すると、ホームズ校長がいった。「メイジー、友だちのために声をあげたのはえらかったな。お母さんもそうだったよ」

22

月曜日は週でいちばん店がひま。オマがデイジーにあたらしい料理を教える日だ。今日はツォ将軍《しょうぐん》のチキンっていう料理。「この料理は中国よりアメリカで人気《にんき》があるんだよ。中国じゃ、知ってる人はほとんどいない」オマがデイジーにいう。

「マクドナルドのチキンナゲットみたい」デイジーがつぶやきながら、海鮮醤《かいせんじゃん》に赤トウガラシとガーリックをいれる。

オマが「よく気づいたね」というと、デイジーはエッヘンと胸をはった。

オマがコーンスターチに塩コショウをいれる。「マクドナルドはレシピを買いとれなかったから自分たちで開発してマックナゲットって名前をつけたらしいよ」

ええっ？　すごーい！　「ほんと、オマ？」

返事のかわりにオマは眉《まゆ》をクイッとあげた。オマってポーカーうまいだろうな。

三十キロくらいはなれてるけど、となり町にマクドナルドがある。ママは、高校生のころによくホームズ校長とこっそりビッグマックを食べに出かけたっていってた。

「あのころは、ひたすらピザとハンバーガーが食べたかったの」ママは前にいってた。「みんなと見た目がちがうのに、食べものもちがうなんて最悪。うちじゃ三食チャイニーズだったから。わたしにしてみたら、マクドナルドはごちそうだったの」

「だからチャイニーズをつくらないの？」

「一生ぶんのチャイニーズを食べたから」

ローガンは、クールな子たちはみんなマクドナルドに集まるっていってる。オマから、あんな店に行こうと思うだけで縁《えん》を切るっていわれた。オマが心が読めなくて助かった。

ウィットロック町長が『ミネソタ・ドンチャ・ノウ』誌《し》を店内のお客に配っている。レディ・マクベスはお礼もいわずにいった。「週刊だったころがなつかしいわ」

「寄稿《きこう》しているんです」町長はとなりのテーブルの女の人にいった。

「まあ、毎月読んでるんですよ！」その人がうれしそうにいう。町長はなんてことなさそうなふりをしてるけど、よろこんでるのは見え見え。「わがウィットロック&アソシエイツもよろしく」

町長はだまってたけど、町長が社長をしてるPR会社は、社員はひとりもいないらしい。ローガンがいうには、顧客《こきゃく》もラストチャンスの町だけって話だ。

十一番テーブルがやかましい。月曜日のキッズスペシャルという無料サービスが大好きなうるさい家族づれだ。父親はチップをおいてった試しがないから、母親がいつもこっそりもどってきて数ドルをテーブルにおいていく。「チップの額でその人がどんな人か、かなりわかる」オマがいっていた。

ホームズ校長もまた来てる。今日のTシャツは、本を読んでる恐竜《きょうりゅう》のイラスト。食事をしに来てるのか、ママに会いに来てるのか、どっち？　ママはいつも長い休憩《きゅうけい》をとって校長とおしゃべりするけど、いまは家でオパにつきそっている。わたしと時間をすごすために休んだことなんか一度もないのに。

「毎日〈ゴールデンパレス〉に食事に来るんですか？」ホームズ校長にたずねてみた。

「町にいるときはたいていね。ウェルナーさんのブラートヴルストも大好きだが。あの店は行ったことある？」

「まあ、あります。えっ、どういう意味ですか、町にいるときって？」

「ミネアポリスに住んでるんだ。ここから二、三時間」ホームズ校長が自分でお茶を注ぐ。「学期中だけラストチャンスに部屋を借りているんだよ」

「でもいまは夏休みですよね」

校長はお茶のカップをくるくる動かしてさましている。「週に三、四日はこっちでやることがあるから。図書館のあたらしいコンピュータや本の助成金《じょせいきん》の申請《しんせい》とか……」

コンピュータ？　図書館？　本？

そこで校長はハッとして言葉を切った。「つまらない話をしてしまった」

「あの、わたしも学校のコンピュータをつかったり本を借りたりできますか？　町の図書館が浸《しん》水《すい》で閉館中だから」

校長があごをさすった。それが校長の〝テル〟だ。「厳密《げんみつ》にいえば、ラストチャンスの学生は休暇中《きゅうかちゅう》は校内に入れないことになっている」

「厳密にいえば、わたしはラストチャンスの学生じゃありません」

校長がニヤッとする。プロムの写真とおなじ顔。

「ママがいいっていうなら、かまわないよ」

校長は九ドルの食事に六ドルのチップをおいていった。そんなにわるい人じゃないのかも。ママとの関係はおいといて、だけど。

23

数日後、オパとリビングにいるときにノックの音がした。「だれだ？」

長い沈黙《ちんもく》ののち、声がきこえてきた。「わたしだよ」

オパの顔が一気に渋《しぶ》くなる。「メイジー、ドアにかんぬきをかけろ！」

わたしは出ていって、どうぞといった。ウェルナーさんが決まり悪そうに入ってくる。

「なんでいれた？」オパがぶつぶついう。

わたしは、さあねと肩をすくめた。来てってたのんだ、なんていえるわけがない。

ウェルナーさんとオパはそれぞれ腕《うで》を組んだまま、おたがいに背をむけている。オパは、ママとオマのことを頑固《がんこ》だっていうけど、そういう自分はどうなのよって感じ。

ふたりとも口をつぐんでるから、テレビが会話のかわりになってる。タイミングよく、カルロス！が三人ぶんしゃべってくれてる。いまはカリフォルニア州のイーグル・ロックにある、テーブルが三つしかない小さなアルメニア料理のレストラン〈キング・ケバブ〉で、ピタパンをフムスとガーリックソースにディップしてるところだ。

オパとわたしはカルロス！とタイミングを合わせて「激《げき》ウマの一品！」ってさけぶのが好き。最近ローガンもいっしょに観《み》るようになって、この前なんかあんまり大きな声でさけぶから、近所の人が心配して電話してきた。

現在、言葉を発しているのはカルロス！ひとり。わたしは、オパからウェルナーさん、ウェルナーさんからオパと視線《しせん》を行ったり来たりさせてる。どちらも口をつぐんで意地でもしゃべらない。大人ってへんなの。相手に怒ってるとき、沈黙《ちんもく》を武器《ぶき》にする。

その日の〈ゴールデンパレス〉の閉店後、ウェルナーさんも帰って、オパはテレビのチャンネルをどんどんかえていた。わたしは床にすわって、オパの車いすのハンドルにリボンを巻《ま》いている。〈ベン・フランクリン〉のエヴァがカラフルなリボンをたくさんくれた。ママがいうには、色は食欲《しょくよく》を増進《ぞうしん》させることがあるそうだ。もしかして、オパもこのリボンを見てげんきになるかもしれない。

オパがコマーシャルを見て手をとめる。「ほら！　ニセモノの牛乳《ぎゅうにゅう》がうつっとる！」

ママがうなずくと、オパは、手をあげて答えて正解した小学生みたいにニッとした。

オマがすかさず指摘《してき》する。「やっぱりね！　頭がこんなにしっかりしてるんだから、なにもわるいところなんてないんだよ。こんなにすぐわかるんだから」

オパがふざける。「ばあさんや、認《みと》めたらどうだ。わたしが死んだらさみしくなるな」

「じいさんはだまってなさい！」オマが負けずにいいかえす。「そんなにすぐにはどこにも行かせないよ。わたしが許《ゆる》さないからね」

ふたりはいっつもこんな感じでいいあってる。これって愛なのかな？

土曜日、ママはホームズ校長といっしょにセントポールにでかけた。中古のレジを買いにいって、帰ってきたのは夕食近く。なんで日焼けしてるのってたずねたら、カヤックを借りてミシシッピ川でこいだんだって。わたしを誘《さそ》わないで？　あのふたり、ぜったいあやしい。

乾燥機《かんそうき》から出したての洗濯《せんたく》ものはほかほかで、お花のにおいがする。ママが前につきあってた男の人は、いつもバラをプレゼントしてくれた。ママは感動してたけど、あとでそのバラはとなりの家の庭から盗《ぬす》んできてると判明《はんめい》した。

「恋をしたことある？」わたしはママにたずねた。

ママが一瞬《いっしゅん》ためらう。「恋をしたことはあるけど、長つづきした試しがないわね」

ママが、ベッドの自分のとなりをトントンして、ここにすわってと合図する。それから、シーツを上からふわっとかけてテントをつくる。これやるの、久しぶり。

「結婚《けっこん》しとけばよかったって思ったことある？」してほしいと思ってるわけじゃないけど。ふたりっきりのほうがいい。まあ、妹がいたらいいかもとは思うけど。

「結婚しなかったおかげで離婚《りこん》もしないですんでる」ママは笑って、じょうだんですませようとしてる。「結婚してほしがってたのは、オマとオパだけ。ふたりとも、考えが古いから。でも、ぜったいに子どもはほしかったの。結婚してもしなくても」

「わたしのパパはどんな人だった？」

何度もきいて暗記してるくらいだけど、ママから話をきくのが好き。

「精子《せいし》ドナーで、ロースクールに通ってた人。中国人で、運動神経《うんどうしんけい》がいいってことは知ってる。あなたが十八歳になったときにまだ興味があれば、もっといろいろ知ることはできるわよ。それまでは、ママだけでがまんしてちょうだい」

わたしはママをギュッとした。ママだけでいい。ママをほかのだれかにとられるなんて絶対にいや。

「ラストチャンスにいままで来なかったのはそのせい？　オマとオパは、ママが結婚しないでわたしを産《う》んだことで怒ってたの？」

「メイジー、なにをいってるの？　オマとオパはメイジーのことで怒ったりしない。ふたりとも、あなたを愛してるんだから。ふたりが気に入らないのはわたしよ。ずっと期待《きたい》を裏切《うらぎ》ってきたから」

これだけオマとオパといっしょにいれば、どんなに愛されてるかは感じる。オパはラッキーの話をしてくれたりポーカーを教えてくれたりする。オマはいつも、食べろ食べろってじゃんじゃん料理を出してくれる。「ふたりとも、ママのことも愛してるよ」っていいたい。きっとママは、オマとけんかばかりしててわからなくなってるんだ。

テントから出たとき、ドアの前に立ってたらしい人影《ひとかげ》がサッと消えるのが見えた。

24

レジをつかってるのはママだけ。もう一週間以上、オマはレジをくさい靴下《くつした》を見るみたいな目で見て、近づくことさえ拒否《きょひ》してる。こうなったら、この前オパにつかったのとおなじ手をつかおう。フォーチュンクッキーの占《うらな》いの紙すりかえ作戦だ。

前よりうまくなってきた。クッキーが割《わ》れないように湿《しめ》らせたキッチンペーパーでつつんでレンジで数秒間チンする。やわらかくなったクッキーを広げて占いの紙をすりかえて、かたくならないうちにもとのように折りたたむ。その作業はすぐにできる。たいへんなのは、占いの言葉を考えること。

　文字を打とうとしたとき、さけび声がきこえてきた。

　オパ？

　オパがテレビの前に立ちすくんでいる。ニュースに、難民《なんみん》と移民に対する抗議《こうぎ》集会がうつっていた。ある政治家が、移民は「家に帰れ」といっている。アメリカはもう満杯だからって。ママといっしょにカリフォルニアから車でここまで来たときに見たぶんじゃ、そんなに混雑《こんざつ》してるようには見えなかったけど。

　集会を見て、ジンジャーが悪口をいわれたり侮辱《ぶじょく》されたりするって話を思い出した。テレビでは、悪口と侮辱のために人が何百人も集まって、プラカードをふったり横断幕《おうだんまく》をかかげたりしてる。わたしはテレビの前のオパに声をかけて、車いすにすわらせた。体重はそんなにないはずなのに、怒《いか》りの重さをずっしり感じる。

「そろそろ社会がかわってていいころだと思うだろうがね」オパは車いすにどかっとすわりながらいった。「だがまだ、やるべきことがたくさんある」

　ラッキーがどんな扱《あつか》いを受けていたかを思い出す。ニュースキャスターがいっている。「アメリカでは農業従事者《のうぎょうじゅうじしゃ》の約七十五パーセントが移民で、税金《ぜいきん》を払っています……」

「たいてい人間っていうのは、自分の行動がどんな結果をもたらすかを考えない」オパがつかれたようにいう。「他人をおとしめることで、自分が上に立った気分になるんだ」

　いじわる女子その一とその二は、わたしをおとしめたくて笑った。わたしがいやな気持ちになったことで、気分はよかったのかな？
「ラッキーの話のつづき、きかせてくれる？」わたしはテレビを消した。
オパがゆっくりうなずく。「そうだな、知っておいたほうがいいことがある」

チャイナマン　一八七五年

お屋敷《やしき》での仕事は、ぜいたくをしている気分だった。自分の部屋があって火曜日は休み。それから五年間、ラッキーは料理長のバーニーさんのもとではたらいた。最初は野菜を洗ったり下ごしらえをしたりだったけれど、そのうちスープとサラダとサイドディッシュをまかされるようになった。やがて、すべての料理をつくるようになった。

「わたしが引退《いんたい》しても、かわりの人を探す必要がないわね」バーニーさんがいうと、ラッキーはぽかんとした。「あなたよ」バーニーさんがラッキーを指さす。「あなたがキッチンを仕切ってちょうだい！」

ラッキーは舞《ま》いあがったけど、すぐにたたき落とされた。ジェンキンスがつぶやいたからだ。

「こんなただの汚《きたな》いチャイナマンに」

やがてラッキーはほんとうに料理長になった。中国に送金してもまだ、貯金《ちょきん》ができた。フィリップス夫人はラッキーの料理を絶賛《ぜっさん》してくれた。シンプルなガーリックローストチキンをふたりぶんつくったときも、豪華《ごうか》なフルコースを二十人ぶん用意したときも、かわらずに。フィリップス氏もラッキーの時間厳守《げんしゅ》に感心していた。食事の前にはかならず金《きん》の懐中《かいちゅう》時計に目をやっていう。「また時間きっちりだな！」

フィリップス邸《てい》のなかにいれば安心だった。でも、外の世界は話がべつだ。一歩外に出ると、問題ばかり起こす白人のグループがうろうろしている。ラッキーは自分が格好《かっこう》のターゲットだとわかっていた。中国人の男がする弁髪《べんぱつ》を見ると、その三《み》つ編《あ》みを切ってコレクションするという悪趣味《あくしゅみ》な集団だ。そんなことをしても逮捕《たいほ》されない。中国人はなにをされようとも罪《つみ》にする価値《かち》はないと考えられていたからだ。

このころには助手がいたけれど、ラッキーは新鮮《しんせん》な野菜や肉や魚を自分で選ぶことを好んだ。チャイナタウンの業者全員と顔なじみで、いつも買いものに行くといちばん質《しつ》のいい商品を奥《おく》から出してくれる。ラッキーは買った品をバケツにいれて、それを両端《りょうはし》につるした長い竿《さお》を肩にかついで運ぶという中国式のやり方をしていた。

ある霧《きり》の朝、パンの材料やら野菜やら魚やらでずっしり重たいバケツを運んでいると、声がきこえてきた。「おいっ、そこのチャイナマン！　とまれ！」

ラッキーは凍《こお》りついた。

「その肩にかついでるものはなんだ？」

犯罪者より悪どいという評判《ひょうばん》の警察官《けいさつかん》だ。

「食料品です。フィリップス邸のものです」

「そうか、法律違反《ほうりついはん》だ！」警察官が歯をむいてニターッと笑う。まわりには獲物《えもの》をかこむオオカミみたいに白人がわらわら集まってきていた。

ああ、まずい。つぎになにが起きるかは想像がつく。まず、バケツをたたき落とされた。群《ぐん》衆《しゅう》がおそいかかってくる。警察官はとめるどころか、もっとやれという顔をしている。

「条例《じょうれい》で、中国人が洗濯ものや食料品を竿で運ぶのは禁じられている」警察官がいう。

「わたしは……わたしはただ、自分の……自分の仕事を果たそうとしているだけです」ラッキーはなぐられながらもなんとか反論《はんろん》した。

あざ笑いがひびくなか、警察官がさけぶ。「そのバカげた弁髪も法律違反だ！」

「やめてください、お願いです！」ラッキーが必死でたのむ。三つ編みがジャキッと切り落とされ、トロフィーみたいにかかげられた。

ラッキーはそのあとなんとか屋敷《やしき》にたどりついた。血だらけで傷だらけだ。助手はおびえて、ラッキーがとめるのもきかずに家政《かせい》婦長《ふちょう》に報告し、フィリップス夫人に伝わった。

「これからは必要なものをすべてジェンキンスに手配してもらうようにします」フィリップス夫人はきっぱりいった。

「お任《まか》せください」ジェンキンスが約束《やくそく》する。

だけどふたりっきりになると、ジェンキンスの顔から笑みが消えた。「おまえの仕事なんかするわけないだろうが。中国人苦力《クーリー》に命令されるおぼえはない」

25

きのう、オパにジェンキンスをどう思うかたずねてみた。「わたしは大っきらい。ずるいよ。

フィリップス夫妻の前ではいい人のふりしちゃってさ」

「親切なふりをする人種差別主義者《じんしゅさべつしゅぎしゃ》はいちばん始末が悪い」オパはそれだけいって、ソファに横になった。

オパは昼寝をするから、夜はなかなか眠れない。そうなると、つきあって起きてるオマも睡眠《すいみん》不足《ぶそく》になる。それでもオマはぜったいにもんくをいわない。

ウェルナーさんがまたオパのところに来ている。ふたりとも、歯医者の待合室《まちあいしつ》にたまたま居合《いあ》わせた他人みたいに知らんぷり。それでも、このすきに学校の図書館に行ける。ホームズ校長が町にいるうちがチャンス。図書館に向かう途中、ライリーを見かけた。いじわる女子たちとつるんでるきれいな子。こっちに歩いてくるから、からかわれるといけないと思って、〝あんたなんかなんとも思ってないし〟っていう超クールなつもりの顔をした。

耳元で蚊がブンブンいうから、顔をピシャッとたたく。

ライリーがギクッとした。「蚊がいて」わたしはいった。

ライリーがくちびるをかむ。これってもともとの色？　それともリップぬってるの？　わたしはチャップスティックのバームが好き。あの蠟《ろう》みたいな味がたまらない。

いきなりライリーがたずねてきた。「ねえ、わたしがなにかした？　いっつもにらんでくるよね？」

えっ、にらんでる？

気づいたらたずねていた。「わたしのこと、ばかにしてるの？」

ライリーが首を横にふる。長いブロンドの巻き毛がシャンプーのコマーシャルみたいにスローモーションでふわりとする。「人のことをばかにしたりしない」

「あんたの友だちはしてるでしょ」ハッキリいってやった。

「こんなことといっても気分よくならないのはわかってるけど……」ライリーが困ったようにいう。「あの子たち、だれに対してもいじわるだから」

「なんで？」ムカつくけど、もうライリーに対してじゃない。

「気分がよくなるから、かな？」

なんで？　意味不明。「やめなよっていえばいいんじゃないの」そういってみる。

ライリーは口ごもった。「キレられちゃうもん」

この子、自分がどれだけきれいかわかってないのかな？　ブロンドで美人って、どんな感じだろう？　ブロンドってだけでもいい。または美人ってだけでも。

「それでもまとわりついてくると思うけど。もしそうじゃなくても、わたしといればいい」

ライリーがすぐに答えないから、自分がばかみたいに思えてきた。この美人がわたしなんかといっしょにいたがるわけないのに。

「ありがとう、メイジー」そういって歩いていこうとして、ライリーは思い出したようにつけした。「あと、あんたが自分でやめなよっていう選択肢《せんたくし》もあるよ」

図書館の明かりはブーンといってちらついている。ホームズ校長がコンピュータを起動させるあいだに、わたしは棚《たな》を見てまわった。

「これ、借りてもいいですか？」ケクラ・マグーンの『スティクス・マローンの季節』を手にしてたずねる。ジンジャーがすごくいい本だといっていた。

ホームズ校長はうなずいて、わたしにTシャツを凝視《ぎようし》されているのに気づいてにっこりする。今日のロゴは、“Beryllium, Nickel & Cerium”（ベリリウム、ニッケル、セリウム）。

「それ、どういう意味ですか？」

「化学記号は、BE、NI、CEで……」

「Be Nice（やさしくあれ）！」思わずさけんでしまった。わたしもにっこりする。

「メイジー、好きなだけ借りていいよ。読んでもらうためにここにあるんだから。読みおわったら返してくれればいい」ホームズ校長はそういって出ていった。

壁には黒人の詩人で活動家マヤ・アンジェロウのポスターがはってある。わたしが手にしている本の表紙には黒人の男の子たちの絵。家族以外で、ラストチャンスで見かけたはじめての有《ゆう》色人種《しよく》だ。

26

一日おきに、ウェルナーさんとランチをとりかえっこしてオパの報告をする。わたしが〈ウェルナー・ウィンナー〉に立ちよらない日は、ウェルナーさんがオパのところに来る。

「どうせわたしらを退屈《たいくつ》な老人だと思っているんだろうな」ウェルナーさんがいっている。「だが、若いころはふたりとも火の玉みたいに手がつけられない暴れん坊だった。しょっちゅう問題を起こしていたもんだよ」

へえ、おもしろそう。「どんな?」

ウェルナーさんがキッチンのスツールをすすめてくる。オニオンをグリルにのっけて、くすくす笑う。「前に、きみのオパのおじいちゃんの……」

「ラッキー!?」

「そう、ラッキー! ラッキーのところにだれかから中国の爆竹《ばくちく》が送られてきた。ものすごくやかましい音が鳴るやつだ。わたしたちはまだ少年で、きみより若かったな……その爆竹をいくつか勝手にもちだした。マッチをもってなかったから、きみのオパが、〈ゴールデンパレス〉のコンロで火をつければいいって思いついた。で、実行にうつしたってわけだ。お客でいっぱいのディナータイムにね! 爆竹が鳴《な》ると、みんな悲鳴《ひめい》をあげてテーブルの下にかくれてたよ」

ウェルナーさんはひいひい笑って、涙《なみだ》まで流してた。

「きみのオパもわたしも、そりゃあ怒られたもんだ」そういって涙をぬぐう。「だが、それだけの価値はあった」


ブラートヴルストを受けとるオパの手はふるえていた。爆竹の話をもちだしたいけど、まだウェルナーさんの話題は拒否《きょひ》している。去年ジンジャーがラブラドールの子犬を飼《か》いはじめた。ズーミーはぐんぐん大きく強くなってきた。それを見守ってきたけど、いまのはその逆だ。オパはどんどん動作がのろくなって、つかれやすくなっている。

お昼を食べているとき、カルロス！がいった。「いわゆる『全米的な』料理のいくつかがほんとうはどこから来たのかって話をしよう！　アップルパイはイギリスとスウェーデンとオランダから来たってこと、知ってたかい？　ポテトサラダはドイツだし、ベイクドビーンズはネイティブアメリカンの料理だし、アイスクリームは中国の王朝《おうちょう》、唐《とう》が発祥《はっしょう》なんだ！」

「アイスクリームは中国から来たんだぞ！」オパが自慢げにいう。

オパのきげんがいいいまがチャンス。「ラッキーの話、きかせてよ」

「この前のつづきからだな……」

被疑者　一八七五年

フィリップス夫妻は大金持ちなのにまったくいばっていなかった。夫人は時間とお金を惜しみなく費《つい》やして孤児院《こじいん》や公共図書館やチャイナタウンの女性福祉協会《ふくしきょうかい》を支援《しえん》し、そこにいる人を何人も屋敷で雇《やと》っていた。

中国では、教育はエリートだけのものと決まっていた。料理長のバーニーさんは、キッチンの仕事だけでなく、もっと貴重《きちょう》なことを教えてくれた。読み書きだ。フィリップス氏の古い新聞を捨てずにラッキーのためにとっておいてくれた。

ラッキーにとっては、なによりも貴重だった。何年にもわたって、新聞はよきにつけ悪《あ》しきにつけ世界を知るための窓《まど》となった。スーザン・B・アンソニーという公民権《こうみんけん》活動家が大統領選挙で投票をして逮捕された。女性は投票権がなかったからだ。電話が発明された。ロサンゼルスでは、中国人の大量殺人《たいりょう》があり、二十人近くがリンチされたりした。すべては理解できなかったけれど、風刺《ふうし》マンガの意味はわかった。「中国人は出ていけ！」

そのころ、屋敷ではものがなくなることが増えてきた。フィリップス夫人のダイヤの指輪《ゆびわ》とか、フィリップス氏が大切にしている金の懐中時計とか。ある日、夫妻がロサンゼルスの家族のところに行って不在のとき、警察官が四人、キッチンに押しいってきた。

「あいつだ、あそこにいるぞ！」リーダーらしい警察官がさけぶ。

ラッキーはおどろいてかたまっているうちに包囲されてしまった。ああ、あのときの警察官もいる。「わたしがなにをしたというんです？」

警察官が手をひらくと、宝石や金の懐中時計が出てきた。「おまえの部屋で見つかった。チャイナマンが盗《ぬす》みをはたらいたらどうなるか、わかってるだろうな」

盗んでない。だけど、そんなことをいってもむだなのはわかっていた。つかまらないうちに、ラッキーはキッチンを飛びだして自分の部屋にかけていった。ベッドのうしろに隠《かく》していたお金をつかんで、裏口から屋敷をぬけだした。逃げなければ。いますぐ。波止場《はとば》に着くと、なんとか船に乗りこんで湾《わん》をわたった。船に乗ったのは中国から来たとき以来だ。やっとのことで列車の駅に着くと、お札をカウンターに突きだした。「これでどこまで行けますか？」

切符《きっぷ》売りはふしぎそうに顔をあげた。金をもった中国人？「好きなところまで行けるよ」

線路を敷《し》く仕事をしていたのに、列車《れっしゃ》に乗ったのははじめてだ。ゆっくりと走りだした列車がスピードをあげていく。ほかの乗客のように窓の外をながめることもなく、ラッキーは目をとじてリー・ウェイのことを思い出していた。友は、この線路をつくっている最中《さいちゅう》に亡くなった。胸が痛いし、こわくてたまらない。どこへ向かっているのかも、なにをするつもりなのかもわからない。わかっているのは、逃げるかリンチされるかの二択《にたく》ということだけだった。

27

あれからもう五日。オパがラッキーの話をするのに時間をかけたいのはわかってるけど、つづきが知りたくて待ちきれない。「ラッキーがどうなったのか教えてくれる気あるの？　心配で夜も眠れないんだから！」

オパはいたずらっ子みたいな表情を浮かべた。「メイジー、辛抱《しんぼう》することも必要だ。ポーカーとおなじで、そのうちすべてのカードが明らかになる」

辛抱なんて、得意分野じゃないし。

オパの銀色の髪が日ざしにきらめいている。お医者さんから、決してむりをさせないという条件で一日に二時間くらい外出していいという許可《きょか》が出た。オパが行きたい場所はひとつ。〈ゴールデンパレス〉だ。

「もっとスピードを出せないのか」オパが、車いすを押してメインストリートを歩くわたしにさけぶ。今日は元気いっぱいだ。

車いすにつけたカラフルなリボンがヒラヒラして、オパは巨大な風車《かざぐるま》に乗っているみたいに見える。会う人はみんなにっこりして、オパを呼びとめてあいさつする。昼寝犬か尻尾《しっぽ》をふりながらとことこついてきた。拍手《はくしゅ》をする人もいる。

「前からパレードをしてみたかったんだ」オパはふざけて手をふる。

「バド！」古い友だちのクマにあいさつする。店のなかに入ると、オマが何年も会ってなかったみたいに大歓迎《だいかんげい》してきた。つい二十分前に会ったばかりなのに。デイジーがキャーッと声をあげて手をふる。ママがいう。「おかえり、父さん」

一瞬《いっしゅん》、オパが若返って見えた。頭のなかでラッキーと重なる。時間をさかのぼったような気がしていたら、声がしてわれにかえった。「メイジー、早く！　ワームは永遠に待ってはくれないよ！」

「なんのにおい？」ローガンが鼻をつまむ。自転車のうしろに空の大きなバケツをふたつ、積《つ》んでいる。

「虫よけスプレー、つけすぎたかも」正直にいう。

湖《みずうみ》の近くまで来ると、ローガンは土に棒《ぼう》でXと書いて、わたしたちはそれぞれ水をくんだバケツをそこまで運んでいった。クイズ番組の司会《しかい》みたいな声で、ローガンがいう。「ワームの時間でーす！」

わたしは首を横にふる。「やっぱりむり」

「だいじょうぶだって」ローガンがリュックのジッパーをあける。「ワーム一匹につき四セントだよ！　一ポンドのなかに千匹くらいいるから、たとえば半ポンドとして……二十ドル！」

「そんなのどうでもいい。気持ち悪すぎ！」

ローガンはリキッドソープを水のなかにいれるのに夢中できいちゃいない。棒をつかってかきまわすと、土にぶちまけた。

「なにしてんの⁉」

ローガンは泥《どろ》をじっと見つめている。じっとしていると、いろんな音がきこえてきてびっくりだ。鳥の鳴き声、葉っぱがゆれる音……あと、わたしの悲鳴。太ったぬるぬるのミミズが何十匹も、クネクネと泥から出てくる。お墓《はか》から生きかえったゾンビみたいに。

「メイジー、なにぼけっと見てるんだよ」ローガンがバケツのなかにミミズを投げこんでいく。

「つかまえて！」

おそるおそる、棒でミミズをつまんでみる。うまくつかめないので、もう一本もってお箸《はし》みたいにする。大きくて太い麺《めん》が……モゾモゾ、モゾモゾ。われながら衝撃《しょうげき》だけど、お昼ごろにはローガンみたいに素手《すで》でミミズをつかんでいた。ジンジャーにいっても信じないたろうな。わたしだって信じられないんだから。

28

オパがゲーッとゲップをする。わたしもしてみる。オパがいうには、ゲップが出るのは料理がおいしかった証拠《しょうこ》らしい。ママはお行儀《ぎょうぎ》が悪いっていうけど、いまはいないからだいじょうぶ。

夕食のヤキソバはワームが目に浮かんできてだめだった。かわりにハニーグレーズのポークチョップをしっかり食べる。

「前からゲップがうまかったの？」わたしはたずねた。

「ダントツだ！」オパが胸をはる。「子どものころはよくウェルナーといっしょに……」

オパがハッとして口をつぐむ。

「若いときのふたりの写真、ある？」

オパがムッとしたふりをする。「どういう意味だ？　いまでも若いぞ！」

「ね、〈ゴールデンパレス〉にあるあの古い写真だけど。事務所にはってある写真」わたしはオパにフォーチュンクッキーを一個、わたした。「あの人たち、だれ？」

「〝ペーパーサン〟」

えっ？　ペーパーサン？　なんのことかきこうと思ったとき、オパがクッキーの紙を読みあげた。「あなたはハンサムな上に物語を語らせたら天下一品」

オパが笑う。「メイジー、口がうまいな。わかったよ、たしか百三十年前まで話したところだったな。たまに細かいことを忘れてしまってね。わたしくらいの歳《とし》になると、記憶《きおく》があやしくなってしまうから。とにかく、おまえのひいひいおじいちゃんはサンフランシスコから逃げるはめになってしまって……」

写真の話はまた今度。

ジェシー・ジェイムズ・ギャング　一八七六年

ジェイムズ＝ヤンガー・ギャング団は、有名な無法者《むほうもの》集団だった。悪名《あくみょう》高いジェシー・ジェイムズを頭《かしら》にして、駅馬車やら列車やら銀行やらの強盗《ごうとう》を専門に数々の悪事をくりかえしていた。一八七六年九月七日、このギャング団はミネソタ州ノースフィールドのファースト・ナショナル銀行を襲撃《しゅうげき》する予定だった。メンバーのひとりに、あたらしく参加したブース・フランシスという近所の町の料理人がいた。銀行に着くと、数人が発砲して気をそらしたすきに、ほかのメンバーが建物に突入した。

銀行の出納係《すいとうがかり》は金庫《きんこ》をあけることを拒否《きょひ》した。ノースフィールドの市民たちが事態《じたい》に気づいて、ギャング団たちにむかって銃《じゅう》で応戦しはじめた。銃撃戦《じゅうげきせん》がはじまり、通行人と銀行員とギャング団のメンバーふたりが命を落とし、ギャング団は撤退《てったい》した。それから二週間近く、アメリカ史上最大規模《さいだいきぼ》の捜索《そうさく》がおこなわれ、メンバーのほとんどが逮捕されるか殺されるかした。ジェシーと弟のフランクのジェイムズ兄弟をのぞいて。

そのころ、そこから馬で一時間半くらいのミネソタ州の町ラストチャンスでは、ちがう問題が起きていた。

「なんてまずい料理だ！」

「ええ、ええ、わかっています」町にひとつしかないレストラン〈ゴールデングリル〉のオーナーはうめいた。「コックが行方不明《ゆくえふめい》になってしまって、わたしひとりで厨房《ちゅうぼう》をまわしているんです！」

「そりゃあ、はやくなんとかしたほうがいい。でなきゃ〈ゴールデングリル〉はジェイムズ＝ヤンガー・ギャング団みたいに一巻のおわりだぜ！」

三日後、列車がラストチャンスの駅に到着した。窓から外をのぞいていたのは、その列車に乗っていたラッキー。約一年前にあとにしてきた大都市とは似《に》ても似つかない小さな町だ。ここがどこかもわからない。足がつかないように何度も列車を乗りかえて、たまに数日間か数週間とどまって仕事をすることもあった。

「すみません、ここはどこですか？」ラッキーは車掌《しゃしょう》にたずねた。

そのとき保安官《はあんかん》が列車に乗ってきたので、ラッキーはあわてた。「ラストチャンスです」車掌が答える。「これがあなたの最後《ラスト》のチャンスです」といわれたような気がして、ラッキーは列車を飛びおりた。

中国人がメインストリートをダッシュしていたら、どんなに町の人たちに不審《ふしん》がられるかわからない。だけど、ラッキーはそれどころではなかった。ここまで来ても、まだつかまるのがこわい。なんにも悪いことはしてないのに。だけど、〈ゴールデングリル〉の前まで来たとき、ラッキーはピタッと足をとめた。窓《まど》に手書きのはり紙があったからだ。「料理人急募《きゅうぼ》」

29

ききたいことだらけ！　〈ゴールデングリル〉の料理人がギャング団のメンバーだったってこと？　だけどオパは、まあ待て、としかいわない。「チャーシューを漬けこむにはあせってはいけない。ラッキーの話だっておなじだよ」

つづきの話を待つあいだ、わたしはペーパーサンのことを調べはじめた。駅舎《えきしゃ》の前をとおりかかると、若いときのラッキーがホームにおりてメインストリートを見わたしているところを想像した。そのころは道も舗装《ほそう》されてなくて、車じゃなくて馬が走っていたんだろうな。

家に帰ると、ちょうどウェルナーさんが出てきた。「まったくどうしようもないがんこじじいだ」ウェルナーさんは大声でいいながら帰っていった。

「厄介《やっかい》ばらいできてせいせいするわ！」オパがさけぶ。わたしはドアをしめた。

「オパ、ラッキーってペーパーサンなの？」わたしはたずねた。

オパが首を横にふる。「ペーパーサンっていうのは、中国から来て、アメリカの市民権をもつ者の親戚《しんせき》だという書類を金で買った不法移民のことだよ。だから、アメリカ人の息子《サン》ということになるが、あくまでも書類上の関係だ。ラッキーは中国からの移民を排斥《はいせき》する法律《ほうりつ》ができたときにはすでにアメリカに住んでいたからペーパーサンではない。だが事務所の壁にはってある写真にうつっている人たちは……ほとんどが、ペーパーサンだ」

「ラッキーが書類を発行していたの？」

オパがあくびをする。ウェルナーさんとしゃべらなかったせいで疲れたらしい。「いいや、そういうんじゃない。ラッキーは違法《いほう》とされることはなにひとつしていない。ラッキーがしていたのは、困っている人たちへの援助《えんじょ》だ。寝泊《ねと》まりする場所、食事、仕事。そしてなにより、ラストチャンスに流れついたペーパーサンをはげました」

「その人たちはどうなったの？」

「残念ながらわからないんだよ、メイジー。ペーパーサンのことをもっと話してもいいが、ラッキーについて知っておいたほうがいいことはまだほかにもある」

「えっ、いま？」やったー。

「これから昼寝だ」オパがそういって目をとじる。「だが約束するよ。ラッキーの話はそのうちちゃんときかせる」


ホームズ校長が週末はいないから、図書館でペーパーサンの調べものができない。オパの釣り用ベストは、わたしがここに来たときからずっと玄関にかかったままだ。「夕食とってくるね。これ、着てっていい？」わたしはベストをかかげて見せた。

オパがあくびをして答える。「ああ、どうぞ。とうぶん釣りに行く予定はないからね」

ベストを着て鏡《かがみ》を見る。なかなかいい。ダークグリーンで、ポケットが十二個。クッキー、双眼鏡《そうがんきょう》、虫よけスプレー、幸運のおまもりのポーカーチップ二枚をいれる。

〈ゴールデンパレス〉の入り口でクマのバドが出迎えてくれる。最初見たときは威嚇《いかく》してうなっているように感じたのに、いまじゃにっこりしてるようにしか見えない。たぶん、秘密《ひみつ》をたくさん知っているからだ。たまにローガンといっしょにバドの近くをうろうろして立ち聞きすることがある。前に男の人がバドに、ストロベリーアイスのコーンのコスプレをしてカノジョにプロポーズするつもりだって打ち明けていたこともある。

オパはその話をすると大よろこびしていた。オパは〈ゴールデンパレス〉に行きたくてたまらない。この前来たときは、車いすからおりようとしてデイジーにぶつかってしまった。デイジーはショウユヤキソバのお皿《さら》を運んでいるところだった。デイジーがこぼれたヤキソバをあわてて片づけているとき、気まずい沈黙《ちんもく》が流れていたけど、オパがふざけていった。「かわいそうに、なにが起きたかわかんなかったろうにね！」

みんな笑った。オパも大笑いしていたけど、ほんとうは恥ずかしいのが顔でわかった。

いまは、デイジーがふたつある巨大な炊飯器《すいはんき》を確認していて、オマは事務所でまたぶつぶつひとり言をいっている。机《つくえ》の上の請求書《せいきゅうしょ》の山がさらに高くなったように見える。

わたしは壁の写真をながめた。あなたたちがだれか、わかったよ。こんにちは、ペーパーサンのみなさん。

古い写真のほとんどは、笑顔がまったくない。時代があとのほうになると、楽しそうな写真もある。ひょろっとした若い男の人が頭の上に大きな米袋を乗っけてバランスをとっている。よく見たら写真のほかに、色あせたカードや封筒《ふうとう》もはってある。

「ペーパーサンの人たちって……名前はあるの？」オマにたずねた。

「だれにだって名前はある」オマが答える。

「この人たち、どうなったの？」

オマがペンをおく。「どうして知りたいの？」

「ここにいたのはいつ？　それって法律違反じゃないの？」

「法律違反のぜんぶがぜんぶ、悪いことじゃない」オマはデイジーから目をはなさない。デイジーは大きさ順にニンジンを並べている。「ラストチャンスに来たペーパーサンの細かいことはわかってないんだよ。身の上を詮索《せんさく》されるのはだれだっていやなものでしょ。自分に不利にはたらくこともある。だれを信じていいかなんて、わからないから」

「どうなったかわかる人、ひとりもいないの？」

オマが首を横にふる。「わかったらいいとは思うけど、ほとんどわたしがラストチャンスに来る前のことだから。ずいぶん長いこと音信不通。みんながどうなったか、わかったらいいけどね。幸せに暮らしていることを祈《いの》るのみね」

見れば見るほど、いろんなことがわかってくる。まだ少年に見える人もいる。ラッキーもアメリカに来たとき十六歳だった。それってわたしと五つしかかわらない。わたしなんか、知らない人がいる部屋に入っていくだけでも緊張《きんちょう》するのに。知らない人だらけの国に行くなんて想像もつかない。写真のキリッとまじめな顔の裏に、いまでは恐怖《きょうふ》が見える。だけどもっとよくながめると、見えてくる。決意と希望と勇気。勇気がなかったら、未来がどうなるかもわからないのに海を渡るなんてことはできないだろう。

オマに連れられてわたしは事務所を出る。「ペーパ・サン、実の息子《サン》、親戚、訪問者《ほうもんしゃ》、みんな家族なの。一回の食事でも三度のあたたかいベッドでも三か月の仕事でも、だれかの役に立てるってのは名誉《めいよ》なんだよ」

「どういうふうに名誉なの？」

「助ける側にいられるってことは、自分の人生がいい状態ってことだから。列車はもうずいぶん昔にラストチャンスに来なくなったし、ペーパーサンにしてもそう。メイジー、うちの家族は犯罪者をかくまっていたわけじゃない。人々に食事と仕事を提供《ていきょう》していただけ。そこに犯罪は含《ふく》まれていない」

そういえばオパは、難民《なんみん》や有色人種の移民に対する抗議《こうぎ》活動のニュースをじっと見ていたっけ。ついきのうも、アジア系アメリカ人に対するヘイトクライムが増えているっていう報道があった。こわいニュースだけど、そういうのって大都市で起こってるだけで、ラストチャンスみたいな小さい町には関係ないんじゃないの。

「オマはどうして自分の家族のことを話してくれないの？　オパはよく話してるのに」

「あのおしゃべりじいさんがふたりぶん話してくれるからね」オパのことを考えるだけでオマは笑顔になる。これが愛？　「もう質問はおしまい。オパに夕食をもっていってあげて！　さあ、行った行った！」

30

もう夏も半分近くすぎた。オパの体調はシーソーみたい。上がったり下がったり。やたら元気なときもある。おしゃべりがとまらなくて、もりもり食べてポーカーでわたしを負かすかと思えば、すわったままテレビを見つめているだけのときもある。カルロス！が出ていてもしゃべらない。そういうときは、こわくなる。

ちょっと前からウィットトロック町長がロビーにおいていく『ミネソタ・ドンチャ・ノウ』誌を読んでいる。町長は楽しい記事をたくさん書いている。すごく仲よしのふたごの牛とか、バスタブで湖を渡っている人とか。ふと、短い記事が目にとまった。「ミネソタで中国人を探して」というタイトルだ。エミー・ツァイという名前の大学院生についての記事で、修士《しゅうし》論文《ろんぶん》を書くために調査をしているそうだ。

エミーは〈ゴールデンパレス〉にいた中国の人たちのこと、知ってるのかな。あっ、いいこと思いついた！　オマとオパは心配そうな顔は見せないけど、そんなのただのふりだってわかる。ペーパーサンの家族をひとりでもふたりでも見つけられたら、ふたりとも元気になるんじゃないかな。エミーに手伝ってもらえるかも。

わたしは何枚かの色あせた写真と紙を釣り用ベストにこっそりいれた。学校の図書館でコピーをとろう。一枚の写真のうしろに、ニュージャージーの住所が書いてある。わたしはその写真にうつっている若い男の人をじっくり見た。丸刈《まるが》り頭でサイズが小さすぎるスーツを着ている。まじめくさった表情。うすい茶のインクで、写真の下に丸まった手書き文字で名前が書いてある。
「エディ・フォンさん、いったいどんなことがあったの?」声に出していう。
エディの家族がまだこの住所に住んでいる可能性が低いのはわかってるけど、手紙を出してみよう。「どんなカードが出てくるかは見てみなきゃわからない」って、オパがよくいってることだし。

家に帰ると、オパとウェルナーさんがにらみあっていた。口をきかない元親友はほっといて、さっさと二階にあがってタイプライターを打つ。削除《さくじょ》キーがないから何度もまちがえちゃう。やっとのことで、満足のいくフォーチュンクッキー用の占いの紙ができた。

いい友だちは一生の友だち

おしゃべりは過大評価されている

真の友情はもっと評価されるべき

なかの紙を入れかえて、オパとウェルナーさんにひとつずつクッキーをあげた。

31

このところ、おだやかな日がつづいている。デイジーがフルタイムではたらくようになったので、ママとオマがかわりばんこにオパについているようになった。だからわたしも、ローガンと遊んだりレストランの手伝いをしたりできる。

デイジーと話すのは楽しい。「オハイオ州のいちばんいいところのひとつが、〝ランプキ山〟っていう、ゴミ収集業者《しゅうしゅうぎょうしゃ》が所有する埋《う》め立《た》て地《ち》なの。ゴミだけでできてる山なのよ！」デイジーが教えてくれる。わたしがびっくりした顔をしていると、デイジーはうんうんうなずいた。

「でしょ？　興味《きょうみ》あると思ったんだ」

キッチンには最近、あたらしい音がするようになった。炒《いた》めるときのジュウジュウ、煮《に》るときのグツグツ、デイジーがひとり言をいうブツブツにくわえて、タイプライターのカタカタ。〈ゴールデンパレス〉に必要なのは特製《とくせい》フォーチュンクッキーだってわかったからだ。オマから修《しゅう》正液《せいえき》をもらってミスを消せるようになってから、タイプライターで占《うらな》いの紙をつくるのがかんたんになった。店のお客さんはわたしのつくった占いを気に入って、クッキー目当てで来るようになった。

「一回の食事につきひとり一個」オマがお客にいう。「また店に来れば特製クッキーをプレゼントするからね」

店にいられないときのために、たくさんつくっておいた。たとえば、「ゴールデンパレスで食事をしたってことは賢《かしこ》い証拠《しょうこ》！」とか、だれにでも当てはまるようなもの。だけど店にいるときは、お客さんをじっくり観察《かんさつ》する。ポーカーをやっているときみたいに。で、その人用の占いを書く。

彼は無視《むし》しているのではなくてシャイなだけ

ブルーはあなたの色

あなたには賃上《ちんあ》げを要求する権利《けんり》があります

土曜の夜、エリック・フィスクっていう高校生がデートで店に来て、レディ・マクベスの近くのテーブルについた。最初エリックが店に入ってきたとき、ちょっとだけうっとりしちゃった。超イケメン！　前にも町で見たことがある。ローガンがいうには、高校でいちばん人気《にんき》で、王様みたいにふるまっているんだって。

いまのところエリックがわたしにいってきたのは、お茶が冷めてる、スープが熱すぎる、料理《りょうり》が出てくるのが遅すぎる。いちいち指をパチンと鳴《な》らしてわたしを呼びつける。なーんだ、ぜんぜんイケメンに見えなくなってきた。

「このメニューにはエビが七つ入っているはずだけど、今日は五つしか入ってなかった」

すごい大声。みんなの注目を浴びたいらしい。オパがいってたっけ。「いちばんやかましいプレーヤーはたいていカードが弱いのをごまかしてる」って。

エリックってきっと、ずっとハッタリきかせてるタイプ。

「たいへん申《もう》し訳《わけ》ありません」あやまってから、不足分をふたつもってきますといった。

エリックがデート相手にいう。「この手の人間には気をつけないと、すぐに人をだまそうとするからな」

デート相手はうつむいている。小うるさいレディ・マクベスがじっと見ている。

エリックがわたしにいう。「今回はゆるしてやるよ」

「ありがとう」わたしはエリックにいった。「こっちもゆるしてあげるよ。そのお皿《さら》にエビの尻《しっ》尾《ぽ》が七つあるけど、見逃《みのが》してあげる」

エリックは、わたしがフォーチュンクッキーとお勘定《かんじょう》をもってテーブルにもどったときもまだ顔が赤かった。

デート相手が占いの紙を読んで、思わずくすくす笑う。

「なにがおかしいんだ?」エリックが現金で支払って、二十七セントのチップをおく。

「べつに」デート相手が答える。

その子の紙に書いてあったのは、「そんなやつよりもっといい相手がいます」

店を出るとき、エリックにギロッとにらまれて寒気《さむけ》がした。占いの紙をつくって気をまぎらわそう。

デイジーの夢は、ラストチャンスにリサイクルのプログラムをつくることだ。「リサイクルセンターにもちこむのではなくトラックが回収に来る」仕組み。今夜はチップを数えたとき、チップ入れのとなりにフォーチュンクッキーを見つけるはず。占いの紙に書いてあるのは、「賢い人はリサイクルでエコをする！」

ポーカーでは、「暗示《あんじ》の力が無意識《むいしき》に行動に影響《えいきょう》する」ってオパに教わった。「たとえば、カードが配られたときによしとうなずくと、手札がいいっていう意味になる。実際はそうじゃなくても。それがほかのプレーヤーの考え方を誘導《ゆうどう》するんだ」

わたしのフォーチュンクッキーも、それだ。クッキーにこめられた、暗示の力。

32

今日は偶数日《ぐうすうび》。つまりブラートヴルストの日だ。ママもオマも、オパが食欲《しょくよく》がないって知ってるのにたっぷり料理をもたせてくれる。ってことはつまり、ウェルナーさんがブラートヴルストと交換にたくさんの料理を手に入れるってことだ。

「ラッキーは料理人をしていたときから、レストランを経営《けいえい》したかったのかな？」わたしはオパにたずねながら、ブラートヴルストの袋《ふくろ》をおいた。わたしは大人《おとな》になったらなにになりたいか、わからない。作家、とか？「自分の店をもつことが夢だったの？」

「自分の夢がなんなのか気づくのが、かなったあとっていう人もいる。いそがしかっているうちに夢を見失ってしまう人もいる。ラッキーの場合は、運命と料理と幸運が一気に目の前にあらわ

れた」オパはいったん口をつぐんで鼻をふんふんさせてからつづけた。「だが、困難《こんなん》も待ってい
た。殺害予告《さつがいよこく》やら強盗《ごうとう》やら移民局《いみんきょく》の尋問《じんもん》やらクレーマーやら……どうだ、そんな話はききたく
なかろう？」
「オパ、ききたいに決まってるよね！」わたしはウェルナーさんの袋をもちあげてみせた。「か
わりにほら、ブフートヴルストとザワークラウトが入ってるよ！」

ゴールデングリル　一八七六年

ミネソタ州ラストチャンスでは、めったにたいしたことが起こらない。ところがひと晩で、おもしろい展開になってきた。このあたりで食事ができる数少ない場所のひとつ〈ゴールデングリル〉にあたらしい料理人が来た。うわさが町じゅうをかけめぐった。どうやら中国人らしい。カリフォルニアから来たそうだ。そしてつくる料理が絶品《ぜっぴん》らしい。

白髪頭《しらがあたま》のオーナー、愛称《あいしょう》ハッピーは、だれが見てもはしゃいでいた。「ラッキー、どうして厨《ちゅう》房《ぼう》に隠《かく》れてる？　ファンが会いたがってるぞ！」

サンフランシスコの警察《けいさつ》がわざわざラストチャンスまで追いかけてくる可能性は低かったけど、ラッキーは犯してもいない罪でつかまるのがこわかった。フィリップス夫妻は裏切《うらぎ》られたと思っているかもしれない……そう思うと心がどんどん重くなってくる。この小さい町がその名のとおり「最後のチャンス」なら、そのチャンスにかけるしかない。

数か月かかってやっと、ラッキーは厨房の外に顔を出す気になれた。ラッキーがあらわれたと

き、ダイニングエリアは静まりかえった。ほとんどの人にとって、ラッキーははじめて見るアジア人だったからだ。

「なにをじろじろ見てるんです？」ハッピーはさけんで料理を指さした。「そのステーキ！　このバターミルクビスケット！　アップルパイ！　この男が、みなさんが舌づつみを打っていた絶品料理をつくったんですよ。ラッキーに感謝《かんしゃ》を！」

お客の視線と沈黙《ちんもく》にむかえられて、ラッキーはすぐにでも背を向けて厨房にもどりたくなった。だけどそのとき、信じられないことが起きた。ぶっきらぼうな表情をした男が立ちあがって、拍《はく》手《しゅ》をはじめた。やがてダイニング全体に拍手が広がった。ハッピーは息子を自慢《じまん》する親みたいな顔をして、ラッキーがテーブルをまわって自己紹介《じこしょうかい》する姿をニコニコと見守っていた。

「ラッキー、英語がずいぶんうまいな！」ひとりの男がいう。

「英語もうまいが、料理はもっとすごいぞ！」ほかの声があがる。

それから十年間、ラッキーはハッピーの店ではたらいた。だれもが、おいしいものを食べたければ〈ゴールデングリル〉に行けばまちがいない、と知っていた。ラッキーは、ラストチャンスの有名人のひとりになっていた。

33

日曜日、階段《かいだん》をおりていくとママとオマが口げんかをしている声がした。うう……胃《い》が痛《いた》くなる。オパはニュース番組に目が釘《くぎ》づけで、きこえてないのかきこえないふりをしているかのどっちか。気にしてないだけかもしれないけど。朝食におかゆを食べている時間がないので、バナナだけつかんで外に出た。

ローガンに、またワームをとろうと誘《さそ》われていた。夏のあいだは地元の人や釣《つ》り目当ての旅行客がみんな生きエサを買いたがるからだ。ミミズをとるのは気が進まないけど、お金はほしい。

ローガンは自転車に乗って、わたしはその横を歩く。店の前まで来たとき、いきなりローガンがブレーキをかけた。

「なに？」わたしはイラッとしてたずねた。そもそもなんでこのあたりにはゴミ箱《ばこ》がないの？デイジーがいってたけど、バナナの皮が分解されるのに最大二年かかるらしい。だから、人の庭とかにポイッて捨てちゃいけないんだって。

ローガンは言葉を失って、〈ゴールデンパレス〉を指さしている。わたしはバナナの皮をポトッと歩道に落とした。いつもバドが立っている場所が空《から》っぽ。店の裏に走っていって、バドの名前を呼ぶ。念《ねん》のため。っていうか、念のためって？　大きな木製《もくせい》のクマが勝手に歩きまわるわけがないのに。混乱してるにもほどがある。

「だれがつれていったんだろう？」ローガンがうろうろ行ったり来たりする。

ウェルナーさんは自分の店にダンボール箱を引きずっているし、エヴァは店の前の鉢植《はちう》えに水をやっている。ふたりとも、バドがいなくなったのに気づいてないらしい。そのとき……あっ！ドアにメモがはさんである。

クマはあずかった。返してほしければ、千エンと、ハルマキを十二個よこせ
できなきゃ、中国へ帰れ!!

知らせると、オマはいきなり走りだした。ママがあわててあとを追う。ローガンは、バドがいたはずの場所を見はっている。一台の車が減速《げんそく》してとおりすぎていく。いつもクレームつけてくるお客さんだ。料理が辛《から》すぎるから返金しろとかいって。ぜんぶ食べおわってるくせに。

「ほんとだ！　バドがいない」オマが息を切らしてさけぶ。

ママとオマは肩を並べて立って、いっしょにメモを読んでいる。

「オパにはないしょだよ。あのクマを愛してるんだから」オマが小声でいう。

そのとき鐘《かね》が鳴って、教会から礼拝《れいはい》をおえた人たちが通りにどっと出てきた。何人かが立ちどまってたずねる。「あれ、バドは？」

「行方不明《ゆくえふめい》」ママが不安そうに答える。

ウィットロック町長がコーヒーのカップを手にぶらぶらやって来た。「クマは？　休暇中《きゅうかちゅう》か？」

ローガンが一気にまくしたてる。「バドが誘拐《ゆうかい》されたんです。まちがいなく悪質《あくしつ》な犯罪《はんざい》です。脅迫状《きょうはくじょう》も残されてます」

ウィットロック町長が真顔《まがお》になる。「見せてくれ」

全員、町長のリアクションを待った。

「これはただのいたずらではないな」そういって、メモをしっかり保管《ほかん》しておいてくれとわたし

によこす。「ヘイトクライムだ」

34

ミミズ掘りは中止して、ママとオマといっしょに家に帰った。帰り道、だれもひと言もしゃべらない。家に着くと、オパがカルロス！相手に熱心におしゃべりをしていた。「そりゃそうだ。なんだってバターをつけりゃうまくなる！」

オパがポーカーをやろうといいだしたので、わたしはうなずいた。もしかしたら、バドの心配から気持ちをそらせるかもしれない。ところがまだカードを切ってもいないうちから、オパに手の内をさとられた。

「わたしは部屋じゅうの空気を読むことができるんだよ。ポーカーテーブルの空気を読めるのとおなじでね」オパがわたしをじっと見つめる。「メイジー、なにかあったんだな。オマがスリッパのまま〈ゴールデンパレス〉に行った」なんの話？　みたいなふりをしたけど、オパにハッタリはきかない。「なにがあったかいいなさい」

わたしは釣り用ベストから脅迫状を取りだしてオパにわたした。

オパはだまったままじっと見ていたけど、ふいに窓のほうを向いた。表情は読めない。「バドはラストチャンスの最年長者で、もっとも人気のある住民のひとりだ」オパがくるっとこちらを向く。「バドがどうやって〈ゴールデンパレス〉に来たのか、話そう」

クマの布袋《ブツダイ》　一八八六年

一八八〇年代、議会は中国人労働者《ろうどうしゃ》がアメリカに来るのを禁じる排斥法《はいせきほう》を可決《かけつ》した。中国人はいらない！　新聞の見出しにそんな文字が踊《おど》っていた。

「どうかしたのか？」ラッキーが読んでいる新聞を、ハッピーがのぞきこんだ。ハッピーはあまり字が読めないし目も悪くなっていたので、ニュースはラッキーからきいていた。

「わたしみたいな人間はもうこの国にはいらないそうです」ラッキーは肩をがっくり落とした。

ラッキーとハッピーはいつものように、開店前に早めの昼食をとっていた。「中国に送りかえされるか、もっとひどいことをされるかもしれない」

ラッキーはすでに三十三歳で、中国よりもアメリカでの生活のほうが長くなっていた。目をとじてきけば、話し方はラストチャンスのほかのだれともかわりはなかった。

「だが、おまえもオレとかわらずにこの国にいる権利《けんり》がある」ハッピーがいう。「オレはドイツから来たがアメリカ人だ。おまえだってそうだ！」

「あなたは白人だから、アメリカ人に見えるんです。しかも、店を経営している。ねらわれているのは労働者なんです」

ハッピーはお酒を自分のグラスに注いだ。昼間からのむことが多くなっていた。「ラッキー、オレももう歳《とし》だし、おまえがいなかったら〈ゴールデングリル〉をやっていけない。ここをはなれないって約束《やくそく》してくれ」

その夜、ラッキーは思い切ったアイデアが頭に浮かんでハッとした。一《いち》か八《ばち》かの賭《か》けだけど、思いついたら興奮《こうふん》して眠れなくなった。

つぎの朝、ハッピーとラッキーは取り引きをした。料理人としてはたらきはじめて十年、ラッキーは〈ゴールデングリル〉を買いとり、ミネソタ州初の中国人実業家のひとりとなった。店を正式に引きわたす日、ハッピーはあたらしいオーナーに贈《おく》りものをした。

「ほら、ラッキー、ぼーっと突っ立ってないで、なんかいえよ！」

ラッキーは、巨大な黒い木彫りのクマに見とれていた。レストランの外に立っているクマは、まるで守り神のように見えた。「中国では、布袋《ブッダイ》という僧侶《そうりょ》の像を見ると、でっぱったお腹《なか》をなでて幸運と幸福と富《とみ》を祈《いの》るんです」ラッキーはハッピーにいった。「ここにほんとうのブッダイはいないけど、クマのブッダイがわたしたち中国系アメリカ人の幸運のおまもりになってくれる！」

ハッピーが熱心に味見をしてくれたので、ラッキーはすぐにメニューにチャイニーズを加えはじめた。

「これはなんだ？」スウェイン保安官《ほあんかん》が料理を指さす。「スパゲッティか？　ニューヨークに住んでいる兄が、最近スパゲッティが流行《はや》りだっていってたな」

ラッキーは、この麵料理はローメンといって自分の母親のレシピです、と説明した。食にうるさい保安官がおかわりをくれといったとき、ラッキーはやったぞ！　と思った。

数年たったころには、メニューには伝統的《でんとうてき》なアメリカ料理よりもチャイニーズのほうが多くなっていた。

ラッキーは、お客に保証《ほしょう》していた。「チャイニーズが気に入らなければ、いつでも無料でアメリカ料理とおとりかえします」このオファーを受けた人はひとりもいなかった。

ある日、騒々《そうぞう》しい旅行客のグループがいちばんいいテーブルについた。「チャイニーズだと？」ひとりがメニューを放りなげる。「ステーキとポテトはどうした？」

「そちらもございます」ラッキーがいう。

「ここはおまえの店なのか？」べつの男がびっくりしていう。「いつから中国人《チンク》がビジネスをはじめられるようになったんだ？」

三人目が笑う。「こいつ、きっとネズミでも出してくるぞ！」

この手のやつらに会うのははじめてではない。とっとと食事をさせて店から追いだすのがいちばんだ。「店からサービスです。なんでもお望みのものをおっしゃってください」

「だったら、おまえにこの国を出ていってもらおうか」最初の男がいう。「出ていかないんだったら、オレらがいつでも追いだしてやるよ」

35

オパもわたしもしばらくだまったままだった。やっとわたしは口をひらいた。「オパ、その人たち、ラッキーを脅《おど》したんだよね」そこで口をつぐんで小声になる。「しかも、ラッキーのことを〝チンク〟って呼んだんでしょ。それって、すごく悪い言葉じゃないの？」

オパがうなずく。「当時はその手の脅しも、もっとひどいこともしょっちゅうあった。そしておまえのいうとおり、その言葉は中国人をひどく侮辱《ぶじょく》する言葉のひとつだ」

「オパはそう呼ばれたことあるの？」

「ああ、実は何度もある。とくに若いころは、公民権運動《こうみんけんうんどう》がはじまる前だったからね。だが、そのあともなくなったわけじゃない。世の中には偏見《へんけん》に満ちた人間がいるが、そのことをつい忘れていて、もうだいじょうぶだと思ってしまう。するとまた、そういう人間と出会って、あらためてびっくりする」

オパはつかれてもう話ができそうにない。強がってはいるけど、バドがいなくなったことがそうとうこたえているんだろう。みんな、動揺《どうよう》していた。「あのクマは何世代にもわたって家族の一員だった」オパはお茶をいれてもっていくといった。

わたしの力でなんとかしたい。でもどうやって？　カルロス！がテレビで、アフバマ州メントーンで伝統料理のシュリンプ＆グリッツを楽しんでいる。あっ、そうか、思いついた！　それでバドが帰ってくるわけじゃないけど、オパをよろこばせることはできる。時間がかかる賭けだけど、ポーカーとおなじでプレーしなきゃ勝てない。

カルロス！さま
わたしはメイジーといって、もうすぐ十二歳です。祖父母《そふぼ》が、ミネソタ州のラストチャンスで〈ゴールデンパレス〉というレストランをやっています。百年以上もこの町で愛されている店です。

みんな、〈ゴールデンパレス〉では最高のチャイニーズが食べられるといっています。なかには、どのメニューも好きすぎていつも食べきれないほどの注文をするお客さんもいるくらいです！　取材をしに来ていただけたらうれしいです。

敬具
メイジー・チェン

追伸：祖父はあなたの大ファンです。体調がよくないので、できれば急いでいただけると幸いです。よろしくお願いします。

36

脅迫状を読みかえして、手がかりをさがす。へんなの。署名《しよめい》もメールアドレスも電話番号も書いてない。連絡してきた人もいない。そもそもエンって日本の単位で、中国のじゃない。しかも、中国に行ったこともないわたしたちにどうやって中国に「帰れ」って？

二日かかってやっと保安官が来た。どうやら、行方不明のクマは優先順位《ゆうせんじゅんい》が低いらしい。

「いまのところ、容疑者は出てきていない。どうせただの子どものいたずらだろう」

「『ただの子ども』なら問題ないんですか？」わたしはたずねた。

保安官は無視《むし》してスペシャルランチを食べている。お勘定書《かんじょうがき》が来る前に帰っていった。

ウィットロック町長が、『ミネソタ・ドンチャ・ノウ』誌《し》のインタビューを受けてほしいといってきた。「バドはラストチャンスにとって歴史的建造物《れきしてきけんぞうぶつ》のようなものだからね」

つぎの日の朝食のとき、オマがテーブルにおかゆのボウルをおきながらいった。「商売はそれでなくてもうまくいってないのに。それがゴールデンパレスの宣伝《せんでん》になるかしら」

「起きたことを無視はできんよ。広く知らせなきゃいかん。わたしがインタビューを受ける」オパがそういったとたん、咳《せき》の発作《ほっさ》を起こす。わたしに向かってウィンクしたから、わたしもにっこりした。オパのいうとおりだ。みんなに知ってもらわなくちゃ。

「だめよ、父さん。お医者さんに、なるべく興奮《こうふん》しないようにいわれてるでしょ」

オマとママが心配そうに顔を見合わせる。ケンカばっかりしていても、オパのこととなるといつも意見が合う。

三人がしゃべっているとき、わたしは前にオパがいってたのを思い出した。「メイジー、ポーカーで大きな報酬《ペイオフ》を得たかったら、危険をおかすのを恐《おそ》れちゃいけない。自分にとってちょうどいいころ合いがわかったら、押すんだ」もうひとつ思い出したのは、オマがしていた人助けの話。

わたしは咳払いをした。「だれがインタビューを受ければいいか、わかった」

駅舎《えきしゃ》のベンチでローガンとお昼を食べている。ローガンは願《ねが》いの井戸《いど》でまた願いごとをしたところだ。「たくさん願いごとをすればするほど、かなう確率《かくりつ》があがるからね」

わたしはクリームチーズ入りワンタンの容器を手わたした。オマが、ローガンの好物のピーナツバターを添《そ》えてくれた。

「メイジー、インタビュー受けたら有名人になっちゃうな！」

わたしは笑った。そもそも『ミネソタ・ドンチャ・ノウ』を読んでる人って、何人くらいいるの？「おかしなこといっちゃったらどうしよう？」

「ウィットロック町長が削除《さくじょ》してくれるだろ」ローガンがうけ合った。

「ううう、ありがと」お箸《はし》がだいぶ上手になってきた。オパは、米粒《こめつぶ》をつまめたらぜったいに忘れられないようなプレゼントをくれるっていってる。

家に帰る前に学校に寄った。ホームズ校長がコピー機を貸してくれるっていったから。

行方不明のクマ 名前は「バド」 身長　二メートル 最後に目撃された場所：メインストリートの〈ゴールデンパレス〉前 無事にもどってきたら協力者には一週間分の食事を無料にします 情報をおもちでしたら〈ゴールデンパレス〉のメイジーまで

家に帰って、オパにチラシを見せながら説明した。「ローガンといっしょに町じゅうにはって

きた」

オパがうなずく。「バドが災難《さいなん》にあうのはこれがはじめてじゃないんだ」

「そうなの？　なにがあったの？」

オパが細い腕《うで》をぐっとのばす。「あのクマは若造《わかぞう》じゃないからな。百年以上も前にさかのぼらなきゃいけない」

トラブルメーカー　一八九一年

めんどうな旅行客たちが来た日の夜、〈ゴールデングリル〉をしめたあとしばらくして、ラッキーはドアをドンドンたたく音とわめき声を耳にした。ドアをあけると、立っていたのは昼間の旅行客三人。息からウィスキーのにおいがしている。

三人はラッキーを外へ引きずりだした。ゲラゲラ笑いながら侮辱的な言葉をさけんで、リンチにかけてやると脅してきた。幸いラッキーはサンフランシスコ時代にけんかの仕方を学んでいたし、レストランでの重労働《じゅうろうどう》のおかげで筋肉《きんにく》もついていた。ひとりの男をなんとか気絶《きぜつ》させたけど、まだふたり残っている。もう一発パンチをくりだそうとしたとき、ラッキーは凍《こお》りついた。銃口《じゅうこう》を向けられているのに気づいたからだ。

ゆっくりと、ラッキーは両手をあげた。わざわざ中国からアメリカに渡ってきて、ラストチャンスで酔《よ》っ払《ぱら》いに殺されるのか？

もうおしまいだと覚悟《かくご》したとき、スウェイン保安官がやって来た。ハッピーを含む数人の地元の住民たちも武装《ぶそう》してついてくる。「その男に手を出すな！」

銃をもっていた男は酔いつぶれて立っているのもやっとだった。「は？　オレらはただおまえらのために町をきれいにしてやってるだけだ」

「ラストチャンスから出ていけ。二度と戻ってくるな」スウェイン保安官がいう。

「オレに命令する気か？」男が銃をバンバン撃《う》つ。

ラッキーたちは伏せて身を守った。

とうとう銃弾《じゅうだん》がつきて、静けさがおとずれた。だけどその沈黙《ちんもく》はハッピーのさけび声で破られた。「ああっ、撃《う》たれた……」

37

「今日のところはこれくらいにしておこう」オパがのびをしながらあくびをする。

「ええっ、だめだよ！　こんなところでやめないで。ラッキーが撃たれたの？　死んじゃったの？」

オパがくすくす笑う。「ラッキーが死んでいたら、おまえもわたしもいまごろここにいないよ。しかも、撃たれたのはラッキーじゃない」

「じゃ、スウェイン保安官？　オパ、教えてよ！」

オパはうざったいふりをしておもしろがっている。「やれやれ、まったくしつこいな。そこまでいうなら……」

続トラブルメーカー

銃弾が二発、クマのバドに命中していた。それでもバドはまだしっかり立っている。厄介者《やっかいもの》たちが町から逃げていくと、ラッキーは〈ゴールデングリル〉にもどってドアにかんぬきをかけた。

つぎの日、朝日がのぼらないうちに、ラッキーはガラスが割《わ》れる音と煙《けむり》のにおいで目をさました。すかさず炎《ほのお》に水をかけはじめたけど、ひとりではとうてい手に負えない。

「助けて！　火事だ！」ラッキーは大声で助けを呼んだ。

町はまだ眠りについている。炎が広がっていき、ラッキーはだれにも声が届かないんじゃないかとこわかった。ふいに教会の鐘《かね》が鳴りはじめた。町の人たちが、寝《ね》巻《ま》き姿のまま家から出てくる。幸運にもここ一週間雨つづきだったので、井戸が満杯だった。バケツリレーが行われて、炎につぎつぎ水をかけていく。

「牢屋《ろうや》にぶちこんでおくべきだった」スウェイン保安官がいう。

「中国人を襲《おそ》った白人を逮捕《たいほ》したら問題になる」町長がいう。残念ながら真実だった。

被害は大きかったけれど、厨房《ちゆうぼう》は無事だった。ラッキーはそれから二週間、昼夜なくはたらいて店を修理した。友人たちも手伝ってくれた。そして〈ゴールデングリル〉が再開するはずの日、お客たちが目にしたのはドアの貼り紙だった。「当分のあいだ休業《きゆうぎよう》します」

ラッキーが姿を消していた。

38

火事があったのは百年以上前だけど、わたしは〈ゴールデンパレス〉の壁《かべ》をチェックしてまわった。レディ・マクベスの視線を感じるけど、気にしない。いくつか、焦《こ》げ跡《あと》みたいなのを見つけた。オマにきいてみようと思ってさがしたら、またママとレジのことでけんかしてる。今日、オパの検査結果が出た。オマがききたい内容じゃなかったけど、オパに心配そうな顔はぜったい見せない。そのかわり、イライラをママにぶつけてる。

店を出る前に、お客用の占いの紙をタイプした。だれかの一日を明るく照らすのっていいものだ。

本を読みながら食事をしていた女の人にわたしたフォーチュンクッキーに入っていた紙に書いてあったのは、「本＋中国料理＝幸せ」

「また生えてくる」っていうのは、奥さんにうっかり片側の髪を切られすぎちゃった男の人へ。

最後に二枚、オマとママ用の占いをタイプした。どちらもおなじ内容で、「けんかするのはかんたん。許《ゆる》すのはむずかしい」

メインストリートを歩きながら、すれちがう人たちを観察《かんさつ》した。バドの誘拐犯がすぐそこにいないとも限らない。貼《は》り紙《がみ》はまだほとんど残ってるけど、いくつか、いたずらでバドの目を細く描《えが》いてあるものがある。はがしてゴミ箱にポイ。

学校の図書館でメールをチェックしたら、うれしいことがあった。修士論文のためにミネソタの中国人の調査をしている大学院生、エミー・ツァイから返信が来てた！〈ゴールデンパレス〉のうわさはきいたことがあって、くわしく知りたいって書いてある。しかも、「いくつか研究グループに入っているから、いつでも質問にお答えするわ」だって。

わたしは返信でラストチャンスのペーパーサンについてたずねてみた。メールを送信したあと、本をながめてみる。閲覧《えつらん》コーナーにハイスクールのイヤーブックが並んでた。かなりさかのぼったけど、ママの最終学年のものを発見。ママが走るのが好きなのは、ロサンゼルスでもよくうちの近くの貯水池《ちょすいち》のまわりをランニングしてるから知ってたけど、陸上部に入っていたとは知らなかった。ハイスクールの話はめったにしないから。あ、ママとホームズ校長の写真がある。「変わりもののふたり」ってタイトルがついてる。

ママの卒業の言葉は、「バイバイ、ラストチャンス。こんにちは、世界！」

ホームズ校長のは、「命を奪《うば》われない程度の苦労は強くなるチャンス」

学食で食べているママの写真を見つけた。「ドラゴンレディのランチはじゃましちゃいけない！」っていうタイトルがついている。

わたしはゆっくりとイヤーブックをとじて、棚《たな》にもどした。

39

町長が経営するＰＲ会社、〈ウィットロック＆アソシエイツ〉のロビーには、パンフレットが山積みになっている。タイトルは、「すばらしい釣り体験に一歩ふみだすなら――ラストチャンス！」とかそういうの。壁には金の額に入った『ミネソタ・ドンチャ・ノウ』誌の表紙が並んでる。ウィットロック町長が書いた記事が特集されたものばかり。たとえば「ミネアポリスの唯一《ゆいいつ》にして真の王、プリンス」とかいう記事だ。

女の人がペンをもっている銀色の像《ぞう》に見とれていたら、ウィットロック町長が教えてくれた。

「それは、J・ダニエルズ賞をとったときのものだ。すばらしいジャーナリズムに対して与《あた》えられる賞だよ。以前はわたしも、州の品評会《ひんぴょうかい》でだれがバター彫刻《ちょうこく》の牛でいちばんうまかったかなんてことより大切な記事を書いていたものだよ。いつかまたもっと意義のある記事を書いて、もう一度この賞をとりたいと考えている」

バター彫刻の牛、見てみたいけどな。

「……いい記事を書く絶好《ぜっこう》のチャンスなんだ」町長がいっている。木のいすはすわり心地が悪いし、足が床《ゆか》に届かない。手のやり場に困って、おしりの下にしまった。「地元で愛されるクマ、人種的な背景……」

「でも、こんな記事を出したらラストチャンスのイメージダウンになりませんか？」町長兼《けん》PR担当として、そんなことは望まないんじゃないかな。

「どんな宣伝もいい宣伝だ」町長がきっぱりいう。「さあ、メイジー、話してくれないか。今回のことをどう感じている？」

「最悪」決まってるよね？「いたずらのつもりなら、ぜんぜんおもしろくないです」

町長は録音《ろくおん》もしてるのに、わたしがいってることを書きとめている。ペンをこちらに向けている。「犯人に心当たりは？」町長が書いている黄色いメモ用紙をこっそり見た。筆跡《ひっせき》は脅迫状とはちがう。

〈ゴールデンパレス〉のお客のなかには、中国語のアクセントをまねて注文するのをおもしろがる人もいる。いじわる女子たちが関係してる可能性もある。だけどいちばんあやしいのはエリック・フィスク。デート中に恥《はじ》をかかされたから。でも証拠《しょうこ》はない。

「はっきりはわかりません」わたしは答えた。

「こんなことをした人、または人たちにいいたいことはあるかな？」

「あるとしたら、『なんでバドを連れていったんですか？　なんであんな手紙を書いたんですか？』」ラッキーとリー・ウェイのことを考える。「『わたしの家族はアメリカを築《きず》く助けをしました。なのにどうしてわたしたちにいやがらせをするんですか？』」

「いいね。とてもいい」町長が紙にぐるぐるを描く。「なかなか言葉に説得力《せっとくりょく》がある」

思わず赤くなる。信じられないけど、もう一時間以上も話している。「記事はいつでるんですか？」

町長は録音をとめた。「『ミネソタ・ドンチャ・ノウ』は月刊誌《げっかんし》だ。この記事が出るのは八月一日だが、原稿は少なくとも二週間前に提出《ていしゅつ》することになっている。いったん送ったら、変更《へんこう》はきかない。ほかになにか思いついたら、すぐに連絡してくれ」

町長がドアまでついてくる。「今回のことは報道《ほうどう》する意義がある。だがメイジー、きみたち家族には心から同情するよ」

40

オパは、わたしのハッタリ技術《ぎじゅつ》はなかなかのものだけどもっと攻撃的《こうげきてき》にならなきゃいけない、という。

わたしがカードを切っているあいだにも、オパはさらにいった。「複数《ふくすう》のプレーヤーと対戦するときは、自分のポジションを知っている必要がある。つまり、プレーする順番だ」

オパが、わたしが教えてもらったことを書いている注文票メモを指さす。「カードの手にはすべて物語がある。書いておきなさい」

今朝オパは、朝食をほぼ残さず食べた。オマはこれに大よろこび。よくなってきてるのかも！

「順番は最後がいちばんいい」わたしは前にいわれたことをくり返す。「そうすれば、ほかのプレーヤーがどんなカードをもってるか見ることができるから」

「そのとおり！」オパは誇《ほこ》らしそうに声をあげる。

ポーカーでカードの行方を追うのは、バドを誘拐した容疑者を追うのに似《に》てる。最初は全員がゲームに参加してる。だけどだんだんとカードが捨てられて、残ったカードが浮かびあがってくる。

わたしはカードを広げた。八が三枚、キングが二枚。フルハウス！

オパがわたしのカードをトントンたたく。「フルハウスはわたしがいちばん好きな手だ。さて、罠の仕かけ方を話そうか」

「なんか、危なそうな感じだけど」

「うまくやれば危なくない」オパがあくびをかみ殺す。「罠《わな》を仕かけるというのは、もっている手が弱いふりをして、相手を安心させておくことだ。で、一気におそいかかる！」

バドをとったのはだれだろう？　エリック？　オパとローガンとわたしでエリックにおそいかかるところを想像してみる。

「オパ、バドをとりもどせると思う？」

「バドは大きなクマだからな。そんなに遠くには行けないさ」

あとで、オパのためにテレビをつけて、わたしはランチをとりにいった。

「クマはサーモンが大好きなんだ」オパがいう。カルロス！はアラスカ州ケチカンでスモークサーモンジャーキーをかじっている。

わたしは歩きながら、容疑者のことを考える。ポーカーではカードだけに集中しちゃいけない。目の前にあるものだけじゃなくて、ほかのプレーヤーを観察《かんさつ》することがたいせつだ。どんな人なのか、なにをしているのか、どんなふうにふるまうのか。オパはそれを、「テーブルを読む」と呼んでる。で、わたしはいま、町を読んでいる。

ウェルナーさんの店を出ると、いじわる女子たちがいるのが見えた。その一のキャロラインが、エリックに話しかけてる。「ママが怒《おこ》ってたよ。また帰りが遅かったって」

「おいおい、いまは夏休みだぜ」エリックがわたしにぶつかってきてブラートヴルストの袋が落っこちたけど、拾おうともしない。「おっと」

わざと？　わたしをうらんでるのは知ってるけど、まさかクマ泥棒《どろぼう》をするほど？

「あなたたちって、お米しか食べないんだと思ってた」キャロラインが、わたしが袋《ふくろ》をひろっているのを見ていう。

スルーしようと思ったけど、ふとライリーの言葉を思い出した。「あんたが自分でやめなよっていう選択肢《せんたくし》もあるよ」

わたしは立ちあがると、キャロラインに面《めん》とむかった。「なんでそんなこというの？」

キャロラインがびっくりした顔をする。「だって中国人でしょ？」

「お米以外にも食べるでしょ」いじわる女子その二が笑いながら口をはさんでくる。「ほら、ハルマキとか」

「なにがそんなにおかしいの？」

いじわる女子たちが、ぽかんとした顔をする。

「もう行かなくちゃ」キャロラインがもうひとりの腕をつかんで引っぱった。

「お話できて楽しかった」わたしはふたりにむかって呼びかけた。

今度はこっちが笑ってやる番だ。

41

ペーパーサンからエミーのところに連絡が来た！　まあ、本人じゃなくて、孫娘《まごむすめ》からだけど。リン・フォンっていう名前で、夫と子どもといまでもニュージャージーに住んでいる。一九三〇年代に祖父《そふ》のエディがラストチャンスにいたことがあるそうだ。つまり、オパのお父さんのフィリップの世話になった可能性が高いし、もしかしたらラッキーにも会ってたかもしれない。

エミーがいってたけど、アメリカのペーパーサンの歴史は国じゅうに散らばってるそうだ。点と点をつなぐことがたいせつ、とメールに書いてあった。これで、カリフォルニアとニュージャージーとミネソタがつながった。

わたしはエミーに返信して、ラッキーのことを伝えた。そしてたずねた。「こんなことがこれからもまた起きるんでしょうか？　見た目がちがうってだけで人の集団が攻撃対象《こうげきたいしょう》になるなんて信じられない」オパからラッキーの話をきくようになってから、ずっと気になってたことだ。

質問攻めにしてエミーを困らせていませんように。

夕食の時間。エヴァがオパにって、ブルーベリーパイをくれた。

「ラッキーがメニューをチャイニーズにかえてくれてよかった」わたしはパイをぜいたくにふたつに切った。「でも心配で。この前、ラッキーが消えたところで話がおわっちゃったから。どうなったか知りたくてなんにも手につかない」

オパはパイをひと口食べて、満足そうにうなずく。目がいたずらっ子みたいにキラリと光った。

「なにが起こったのか知りたいのか、メイジー？　よし、じゃあ話そうか……」

帰還《きかん》　一八九一年

ハッピーは心配していた。「ラッキーが森のなかに迷いこんでうっかり湖《みずうみ》でおぼれていたら？」なかには、ラッキーはセントポールに中国人実業家がオープンした店ではたらいてるんじゃないかという人もいた。小さい女の子が、ラッキーが列車《れっしゃ》に乗るのを見たといったけど、だれも相手にしなかった。

ラッキーはサンフランシスコにもどっていた。前よりも大きくて華《はな》やかな街《まち》になっていた。チャイナタウンには二万人以上の住人がいて、十二のせまい区画につめこまれていた。ほかとはちがう店、レストラン、法律《ほうりつ》をもつ独立した都市のようだ。何度か、フィリップス夫人がチャイナタウンの女性福祉《ふくし》協会《きょうかい》に出入りするのを見かけた。

最初の一週間、ラッキーはチャイナタウンから出なかった。やらなければいけないことがある。そのための勇気をふるいたたせていた。中国をはなれて数十年、カリフォルニアから逃げて十五年がたっていた。ここにいればまわりには中国人しかいないので、だれからもジロジロ見られない。それでもやっぱり、自分には居場所がないと感じてしまう。よく親友のリーと、金持ちになったら中国にもどって両親の世話をしようと話していたのを思い出す。両親はとっくに亡くなっていた。母と父が恋しい。フィリップス夫妻のところではたらいていた日々もなつかしい。自分を信用して雇《やと》ってチャンスを与えてくれた。

ラッキーはお屋敷《やしき》の前で深呼吸をした。いわなければいけないことがあるけど、へたをすると刑務所《けいむしょ》にいれられるか、もっとひどいことになるかもしれない。小柄《こがら》な若い中国人女性が裏口《うらぐち》のドアをあけてくれた。英語を話せるかどうかわからないので、中国語でいう。「わたしの名前はラッキーです。フィリップスさんに会いに来ました」言葉がなかなか舌《した》からはなれない感じがする。中国語を話すのは何年ぶりだろう。

若い家政婦《かせいふ》は笑いをこらえるようにして、キッチンで待つように身ぶりで示した。ああ、なつかしい。昔《むかし》とあまりかわってない。すごいな、電気で明かりがつくのか。

最初にここに来たときは、うす汚れた鉄道作業員の制服《せいふく》を着ていたけれど、今回はチャイナタウンであつらえたばかりの西洋の服でビシッと決めていた。ダークグレーのスーツに革靴《かわぐつ》をはき、黒い山高帽《やまたかぼう》をかぶっている。使用人たちがものめずらしそうにラッキーをチラチラ見ている。中国人が高級なスーツを着ているのを見るのははじめてだ。

「ラッキー？」

元助手の声がした。ふたりは抱《だ》きあった。そして話をはじめようとしたとき、ラッキーが見たことのない白人の執事《しつじ》がいいにきた。「チェンさん、フィリップス氏がお会いするとのことです」

ラッキーは心臓《しんぞう》がバクバクした。なんていわれるだろう？　警察《けいさつ》を呼ばれるだろうか？　いや、もう呼んでいるかもしれない。

42

オマがオパにつきそってる。わたしが出てくるとき、ふたりとも無言だった。でもオパとウェルナーさんの組み合わせとはちがって、いっしょにいるだけで幸せ、って感じだ。

ラッキーはラストチャンスにいて幸せだったのかな？　〈ゴールデンパレス〉に向かいながら、ラッキーがはじめて列車をおりたときの気持ちを想像して、彼になりきってみた。ただ店に入って行くんじゃなくて、物語のなかに入っていくみたいだ。

ポーカーでは、配られるカードが可能性と運で決まる。ラッキーには成功する可能性なんてほとんどなかった。いろんな障害《しょうがい》が立ちはだかっていた。「だが、仕事をがんばればがんばるほど、ラッキーはラッキーになっていったんだ！」オパはいつもいう。

だからオマは、〈ゴールデンパレス〉でせっせとはたらいてるのかな？　ママが仕事で成功してるのもそういうこと？　いま、なにかに運を使えるなら、バドをつれもどしたい。わたしにはそのための運がどれくらいあるんだろう？

昼寝犬が、バドがいた場所で寝てる。このところデイジーが毎日、午後になると残りものをいれたボウルをおくようになった。店のなかでは、ママがお客をつぎつぎに席に案内しようとしているけど、レディ・マクベスの〝ミネソタ流バイバイまたね〟につかまってる。つまり、バイバイまたねの前に二十分くらいの立ち話がついてくるってこと。

デイジーがチップをかぞえている。「やった！　大成功！」

「目的があってためてるの？」

「笑わないって約束《やくそく》してくれる？」デイジーがいうのでわたしはうなずいた。

「学費《がくひ》をためてるの。リサイクルとコンポストの事業者資格《じぎょうしゃしかく》をとりたくて」

そんな資格があることも知らなかった。「へえ、すごい！」

「そうかな？　そう思う？」デイジーが顔を赤くする。「父からいつも、おまえはあんまり頭がよくないからっていわれてたの。あんまりいい父じゃなかったな。だから家出してラストチャンスにたどり着いたの」

わたしはデイジーをハグしていった。「たどり着いてくれてうれしい」

デイジーもぎゅっとしてくる。

デイジーはいつもリサイクルがどうのこうのって話ばっかしてる。ついきのうもいってた。

「一時間に百万本以上のペットボトルが捨てられてるんだよ」

デイジーって自分自身で思ってるよりずっと賢《かしこ》い。

43

バドを盗《ぬす》んだ犯人はまだわからない。バドに銃弾《じゅうだん》を撃《う》ちこんだあの男たちみたいな旅行客かもしれないけど、地元の人ってこともある。いじわる女子たちとかエリックみたいな。学校の図書館で住人について調べて、動機《どうき》を見つけようとしている。いろいろ発見があってちょっと楽しい。ホームズ校長は前にミネアポリスのアカペラグループのメンバーだったことがある。エヴァのイチゴパイはミネソタ州の品評会《ひんぴょうかい》で賞をとったことがある。あと、ウィットロック町長の『ミネソタ・ドンチャ・ノウ』誌《し》の記事で、ほんものの牛は四百五十キロあって、バター彫刻《ちょうこく》の牛は二百七十キロだと知った。

コンピュータの電源《でんげん》を切ろうとしたとき、エミーからメールの返信が来た。バドの誘拐《ゆうかい》事件の報告と質問のメールを送っておいたからだ。

こんにちは、メイジー

アメリカへの中国移民《いみん》を排斥《はいせき》する法律をおかしいと感じる理由はよくわかります。

第二次世界大戦中、中国とアメリカは連合国だったので中国移民を禁止するわけにもいかなくなって、一九四三年に中国人排斥法は廃止《はいし》された。それでも年間百人という割当制度《わりあてせいど》があった。

一九六五年、すべての移民割当制度は廃止されて、中国人はやっと家族みんなでアメリカに入国できるようになった。それでも多くのペーパーサンとその子孫は、過去が発覚したら中国に送りかえされるんじゃないかと不安だった。だけど今日《こんにち》では、若い世代が家族の情報を見つけようとしている。自分たちの家族の物語について学び、共有し、誇《ほこ》りに思いたいと望んでいる。

メイジー、法律は公平じゃない気がするってメールに書いてあったよね。わたしも同感！法律があるからって正しいとは限らない。二〇一七年、大統領《だいとうりょう》はイスラム圏《けん》五か国からの入国禁止令を支持して、何千人もの難民《なんみん》（不当な迫害《はくがい》を受けて自国をはなれざるをえなかった人たち）がアメリカに来るのを禁止した。ホロコーストのあいだは、ユダヤ人をかくまうことは違法《いはう》だった。かつては奴隷《どれい》制度が存在したし、ネイティブアメリカンのコミュニティが愛国心の名のもとに虐殺《ぎゃくさつ》された。こういったまちがいを、決して忘れてはいけない。

うわべだけとりつくろった反移民も反アジアの犯罪も、こわいに決まっている。だからこそ、そういうことについて話すことが重要なの。悪いことが過去に起きなかったみたいに、いまも起きていないみたいに、見て見ないふりなんかできない。その問題に取り組んで光を当てることで解決策《かいけつさく》をさがすことはできる。クマのバドのことをきいて、心から残念です。脅迫文《きょうはくぶん》からして、たしかにヘイトクライムでしょう。バドが早く見つかることを祈っています。匿名《とくめい》のメモを残した卑怯者《ひきょうもの》も。

エミー

追伸　質問があったらどんどん送ってください。かわりに、〈ゴールデンパレス〉とラッキーの話をもっときけるのを楽しみにしています。

エミーに返信した。ラッキーのことを書いて、写真や手紙にあったペーパーサンの名前のリストを添付《てんぷ》した。わたしの調査によると、移民の書類に合わせてあたらしい名前を名のる人が多かったらしい。たくさんの家族が、名前と生活を捨ててやり直した親族の行方《ゆくえ》を追えなくなってしまった。

ラストチャンスのペーパーサンを見つけようなんて、かなわない夢なのかな？

家に帰ってオパにたずねた。「オパ、どうしてラッキーはサンフランシスコにもどったの？　歓迎《かんげい》されるかどうかもわからないのに元いた場所にもどるのはどうして？」

夏のはじめにここに来るとき、ラストチャンスが近づくにつれてハンドルを握《にぎ》るママの手に力がこもってくるのがわかった。「だいじょうぶ？」ってたずねたほど。

「どうかしらね」ママはいってた。

オパがテレビの音を消す。「ポーカーといっしょで、みんな確率《かくりつ》を考えてリスクをおかす。ゲームの行方がどうなるか、知りたいからね」

故郷　一八九一年

フィリップス氏は前よりも白髪《しらが》が増えていたけど、笑顔はあいかわらずだった。「ラッキー……ほんとうにラッキーなんだな？　会えてうれしいよ」

「お話ししなければいけないことが……」ラッキーは、サンフランシスコを出たあの日からずっと頭のなかでくりかえしていた話をしようとした。

「待ってくれ、先にどうしてもいわなければいけないことがある」フィリップス氏が口をはさむ。

「きみがなにも盗んでいないことは知っている」

ラッキーはびっくりした。「ええっ？　ご存知だったのですか？」

「そうだ。時計はジェンキンズの部屋で見つかった。それにあの警官《けいかん》は、わたしのイヤリングやほかの宝石類《ほうせきるい》を売ろうとしていた。腹立《はらだ》たしいにもほどがある！」

ラッキーは頭がまっ白になった。この十五年間、ずっと水中でもがいているような気分だった。やっとのことで浮かびあがってきた。

「ずっときみを探していた。どこにいたんだ？」フィリップス氏がたずねる。

「ミネソタです。いまはレストランを経営《けいえい》しています」ラッキーは胸をはって答えた。

そのとき、案内してくれた中国人の家政婦がお茶とお菓子《かし》をもってきた。ラッキーと目が合うと、ふたりはそっとほほえんだ。

「そのレストランを売ってもどってきてくれ！」フィリップス氏がうれしそうにいう。

「えっ、本気でおっしゃっているのですか？」

「返事は二週間後でいいから、ゆっくり考えてほしい。ここにもどってきてくれたらうれしいよ」フィリップス氏がいう。

ラッキーはそれから二週間、毎日フィリップス邸《てい》に顔を出した。ラストチャンスにもどるか、フィリップス氏の提案《ていあん》を受けるかの決断は、ほんとうにむずかしかった。二週間がすぎたとき、サンフランシスコをはなれる列車の旅は、この前よりもはるかに楽しくて希望に満ちていた。今回は、故郷《こきょう》に帰る旅だから。

44

バドがいないと入り口ががらんとして見える。毎朝、ローガンと〈ゴールデンパレス〉前で待ち合わせして、捜索《そうさく》を開始。

「バド、どこにいるの？」人にきかれてへんに思われようが関係ない。それどころかバドを誘拐《ゆうかい》した犯人に、わたしたちはぜったいあきらめないってことを知らせてやりたい。

木彫《きぼ》りのクマを探すのって、なかなかつかれる。いまは〈ベン・フランクリン〉でバナナスプリットをシェアして休憩中《きゅうけいちゅう》。ローガンは野菜もフルーツも食べないから、バナナとイチゴとパイナップルのトッピングと砂糖《さとう》漬《づ》けチェリーはわたしのもの。

脅迫状をとりだしてじっと見る。「雑《ざつ》な字だね。これ、ひとりで考えて書いたのかな」

「じゃあ、犯罪集団かもしれないってこと？」ローガンはチョコレートアイスをぜんぶ食べおわって、バニラに突入している。

「うん。そもそもバドみたいな大きい子、ひとりで運べないんじゃないかな」チェリーはわきによけて、最後にとっておく。エヴァはいつも、おまけして二個いれてくれる。「悪ふざけだと思うんだ。ほんとうの誘拐だったら、いいかげん連絡してきてるはずだよね。筆跡《ひっせき》を比較《ひかく》する方法があればいいのに。そうすれば……」

いいおわらないうちに、ローガンがパッと顔をあげた。「署名《しょめい》活動！　署名を集めれば、いろんな人の筆跡がわかる」

「たしかに。いいアイデア！」あー、自分で思いつきたかったな。「で、なんの署名にする？」

45

わたしは、郵便箱《ゆうびんばこ》のかげにかくれて観察《かんさつ》することにした。脅迫状を書いた人に見られたら、署名を集めたい理由がばれちゃうかもしれない。オパの双眼鏡《そうがんきょう》が役に立った。

署名を求めるとき、ローガンは毎回おんなじポイントで声をつまらせて訴える技術をもってる。「……われわれの支援《しえん》なくしては、罪《つみ》もないハイイロオオカミが絶滅《ぜつめつ》して死んでしまうかもしれないのです」

絶滅したら、それってもう死んでるってことだよ、とはいわないでおく。

古いジーンズでつくった袋《ふくろ》をもったデイジーはポロポロ涙《なみだ》を流している。署名をしてから、ローガンにくしゃくしゃの五ドル札を手わたす。「赤ちゃんオオカミのために」

いまのところ、十五人ぶんの署名が集まった。もっと集まってもいいはずなのに、ローガンが自分めがけて突進してくるのを見て逃げちゃう人もいる。ローガンは通りのむこうにライリーを見つけると名前を呼んだ。

ライリーはすぐに署名してくれた。そして、「手伝えることある?」なんてやさしくいうもんだから、ローガンはびっくりして口がきけなくなっている。

ライリーのこと、誤解《ごかい》してたかも。わたしは郵便箱のかげから出てきた。ライリーは敵じゃない。脅迫状のことを話すと、ライリーはうなずいた。わたしはいった。「ライリーがたのんでくれればみんなもっとよろこんで署名してくれるかも」

そのとき、やかましい声がきこえてきて、わたしはまた郵便箱のうしろに引っこんだ。

ローガンがエリックに手をふる。取《と》り巻《ま》きをひとり引きつれてる。あこがれのエリックの横にいられるだけで幸せみたいな顔をしている。

「ハイイロオオカミを救おう！」ローガンがいう。

エリックは差しだされたクリップボードをつかむと、すぐに取り巻きのほうにポイッとした。

「なんでオレがそんなことしなきゃいけないんだ？　そもそも……」

そのときさけび声がした。「エリック、その子をからかうんじゃないわよ！」

双眼鏡の焦点《しょうてん》を、きびしい顔で通りをずんずん歩いてくる女の人に合わせる。小型のスーツケースほどのカバンをもっている。

「ああ、母さん」エリックがものすごいつくり笑顔を見せる。

「フィスクさん、ハイイロオオカミを救うお手伝いをお願いできませんか？」ライリーがいう。

ローガンがここぞとばかりに話に入ってくる。「ハイイロオオカミはかなり希少《きしょう》なので、ほかのオオカミたちに王族のように扱《あつか》われているんです」

ローガンのお母さんは顔をパタパタあおいだ。「ロイヤルファミリーは大好きよ。華やかでいいわよね」ローガンがまだしゃべっているのにライリーにむかっていう。署名をして、クリップボードをエリックにわたした。「動物の赤ちゃんに対する思いやりをちゃんと形になさい。あなたはこの町で影響力《えいきょうりょく》があるんだから」

「ありがとうございました！」ローガンがさけんで、エリックたちを見送った。

わたしはさっそく脅迫状をとりだして、署名の字と比べた。エリックの筆跡は一致《いっち》しない。いまのところ一致する字はひとつも見つからない。

46

ダンボールの切れはしをパタパタさせて煙《けむり》を追いはらっている。ウェルナーさんの店のキッチンにある換気扇《かんきせん》だけじゃ、限界《げんかい》がある。

「ドイツ人はミネソタ州最大の移民グループなんだ」ウェルナーさんのブラートヴルストはいつも絶妙《ぜつみょう》な焼き加減で、かじるとパリッという。「夏になると毎年、うちの母はオマとオパに会いに祖国にもどっていた。で、そのたびにこれをひとつずつもって帰ってきた」そういって、ウェルナーさんは棚《たな》にぎっしり並んでいるスノードームを指さした。

わたしは踊《おど》る二匹のブタのスノードームをじっくりながめた。「それは、わたしらが子どものころ、きみのオパの大のお気に入りだったんだよ。前に勝手にもっていったことがあって、お母さんに見つかって引きずってこられてたっけ」

わたしは笑いだした。わかる、オパがやりそうなこと。

「ウェルナーさんもおじいちゃんとおばあちゃんのことをオパとオマって呼んでるの？　それって中国語じゃないの？」

「じつはドイツ語なんだよ」ウェルナーさんが高い鼻をツンと上にむけて、昼寝中の犬みたいにふんふんにおいをかぐ。「白身魚の黒豆ソースだな！」

オパもウェルナーさんも、だんだんちゃっかりリクエストするようになってきた。ウェルナーさんは、〈ゴールデンパレス〉のピリ辛《から》料理を溺愛《できあい》している。「チリペッパーをつかった料理にははずれがない」ってよくいっている。

オパのお気に入りのブラートヴルストは、グリルしたオニオンとたっぷりのブラウンマスタードとザワークラウトを添《そ》えたもの。丸々ひとつ食べきれないのに、もって帰るとやっぱりよろこぶ。なんか、フードデリバリーしてるみたいな気がしてきたけど、まあいいや。今日ウェルナーさんにわたしたフォーチュンクッキーのメッセージは、「すばらしい食事とすばらしい友情は楽しむためにある」

オパも同じメッセージを受けとることになっている。

ウェルナーさんがバドを連れていったんじゃないことは、もうわかってる。

家に帰ると、わたしはオパにたずねた。「〝オパ〟って中国語で『おじいちゃん』ってこと？」

オパが首を横にふる。「いいや、ドイツ語だよ。オランダ語でもある。中国語のおじいちゃんは、〝ゴンゴン〟、おばあちゃんは〝ポーポー〟だ」

「だったらどうしてオパとオマは〝オパ〟と〝オマ〟なの？」

「わたしの祖父のラッキーは、白人に溶《と》けこもうと必死だった。わたしをとりあげてくれたのはドイツ人の助産師《じょさんし》だったんだが、その人があたらしい祖父母《そふぼ》をオパとオマって呼んだんだ。ラッキーはそれをさっそくまねした。アメリカ人が祖父母をそう呼んでいると思ったからね」

ふーん。わたしはうなずいて、ブラートヴルストをひと口かじった。「で、ラッキーなんだけど、サンフランシスコをはなれてラストチャンスにもどって、どうなったの？」

ビッグニュース　一八九一年

知らせはすぐにラストチャンスじゅうに広まった。ラッキーがもどってきた！〈ゴールデングリル〉の外に、『ランチ営業中』という看板《かんばん》が立っている。そして正午ピッタリに、ラッキーがドアをあけた。

「ラッキー！」ハッピーは涙《なみだ》ながらにさけんだ。「死んでなかったんだな！」「おかえり！」とか「さみしかったよ」とかいう言葉が飛びかい、ラッキーの心はあったかくなった。

「帰ってこられてうれしいです」ラッキーはちょっとためらってから、コホンと咳払いした。大きな発表がある。「あたらしいビジネスパートナーを紹介します！」

店にいた人たちはみんな、目を見ひらいた。

「ルルです」ラッキーは満面の笑みを浮かべていった。「わたしの妻でもあります」クマのバドのとなりに立っていた中国人女性は、とても小柄だった。だけどすぐに、町の人たちはルルの大きすぎるほどの人格と心を知ることとなった。

店は大繁盛《だいはんじょう》だった。お客は料理を求めて店に来るけれど、ルルとの話が目当てで長居《ながい》をした。ルルはいつだってお客の話に熱心に耳をかたむけて、どんな人も居心地よくさせた。

ラッキーはルルがそばにいてくれて幸せだった。だけど、ラストチャンスにはサンフランシスコのような刺激《しげき》がない。まだ新婚旅行《しんこんりょこう》もしていない。

「きみにはすまないと思ってる」

「なにが？」ルルは床をゴシゴシみがきながらきょとんとする。

「サンフランシスコをはなれることになってしまって。昼も夜もはたらかせて。〈ゴールデングリル〉はフィリップス邸とは似《に》ても似つかない」

ルルが立ちあがる。「たしかに。似ても似つかないわね。お屋敷《やしき》じゃないもの」

ああ、やっぱり。ラッキーは胸が痛くなった。そのとき、ルルがラッキーの手をとっていった。

「ここはお城よ。ぜんぶがわたしたちのお城」

つぎの週、〈ゴールデングリル〉の看板がとりはずされた。そのかわり、あたらしい看板がかかげられた。〈ゴールデンパレス〉、金色のお城だ。

47

「コマーシャルはね、三十秒の物語のようなものなの。そしてわたしが手がけているコマーシャルでは、食べものが主役なのよ」ママがオパに話しているのがきこえた。

パンケーキの層《そう》の下に厚紙《あつがみ》をしこんで崩《くず》れないようにするの、とママが説明している。

オパがおもしろがっていう。「シャーロット、なかなかやるじゃないか！」ママがバター彫刻の牛で賞をもらったみたいな顔をするのを横目に見ながら、わたしは家を出た。

今日はママがオパについてるので、わたしは店の手伝いに行く。店に入る前に、バドがいたはずの場所をながめてから看板を見あげた。何度も塗《ぬ》りなおしてるのがわかる。変色はしてるけど、〈ゴールデンパレス〉の名前は健在《けんざい》だ。

厨房《ちゅうぼう》では、デイジーがチンゲンサイを湯通ししてオイスターソースで炒《いた》めようとしている。

「イヤリング、いいね」デイジーにいう。びんのキャップでつくったイヤリングだ。

デイジーはぼんやりとイヤリングに触《ふ》れながらいう。「マットレスの八十パーセント以上はリサイクル可能なのよ」

事務所に行って、ペーパーサンの写真にこんにちはとあいさつする。ニュージャージーのリン・フォンが祖先の捜索についてメールをくれた。祖父のエディ・フォンがラストチャンスで夏をすごしたあと、ニューヨークのチャイニーズレストランではたらいていたところまでは足どりがつかめているそうだ。最終的にエディは点心《てんしん》のお店を経営《けいえい》した。「おじいちゃんがレストランをやろうと思ったのはラッキーの影響ではないかと思っています」リンは書いてきた。

エミーは、「ラストチャンスのペーパーサン」に関する質問をネットに投稿《とうこう》したら反響《はんきょう》があったといってる。コメントをしっかり読んでから転送してくれるそうだ。わたしもほかの人のために点と点をつなげる手伝いができるかもしれない。

ダイニングのほうに入っていくと、オマがレディ・マクベスとおしゃべりをしていた。その近くでホームズ校長がヌードルを食べているところに、子どもたちがかけよってきてTシャツの柄《がら》のことをしきりに質問してる。今日の柄は、サングラスをかけたナマケモノ。子どもたちは親に呼びもどされてやっとテーブルにもどっていった。

この前、ママにきいてみた。「ホームズ校長のこと、どう思ってる？」

「大好きよ」ママはあっさり答えた。

「大好き」とはまた、大きく出たものだ。オマとオパのことを思い出す。

オパがひざにかけてるカラフルなブランケットは、ウェルナーさんの奥《おく》さんがつくったものだそうだ。ウェルナーさんがいっていた。「ドロレスは馬用のセーターを編《あ》んで『ミネソタ・ドンチャ・ノウ』にとりあげられたんだ」

ウェルナーさんは大柄で声がよくとおるけど、奥さんの話をするときはやさしい口調《くちょう》になる。オマとオパはしょっちゅう口げんかしてるけど、おたがいのことが大好きなのがわかる。ママもあんなふうにだれかと愛し合ったことがあるのかな。前に高級スポーツカーに乗ってむかえに来るカレシがいたことがある。わたしのことをミス・メイジーって呼んでた。あと、いつもミントを食べてる人もいたっけ。だけど、ママがいっしょにいて心から幸せそうなのは、ホームズ校長だけだ。

48

ママが冷蔵庫《れいぞうこ》の大掃除《おおそうじ》をしている。オパがあんまり食べないから、残りものがたくさんだ。テレビでは、カルロス！が、アーカンソー州アトキンスでピクルスのフライを配ってる。オマはソファに丸まってやけに小さく見える。オパはそのとなりで車いすにすわってる。「マーシャルに切りかわると、オパがおおっと目をかがやかせた。「シャーロットのフレンチフライ！」

ママは見るからにうれしそうだ。黄金色《こがねいろ》のフレンチフライがからっと揚《あ》がっていくシーンがスローモーションでうつる。白い雪がふるみたいに、塩がパラパラとふりかけられる。音楽がもりあがり、おなじみの黄色のMマークつきの赤い紙のパックに入ったフレンチフライがアップでうつしだされる。

オパが手をぱちぱちたたいて、わたしは歓声《かんせい》をあげる。オマがやれやれと首を横にふる。「大学まで出て、食べものを偽造《ぎぞう》する仕事？」

ママがムッとする。「専攻《せんこう》してたのは映像学《えいぞうがく》よ。フードスタイリストは、照明《しょうめい》やカメラのアングルや色彩《しきさい》の知識が必要なの。わたしはね、クリオ賞を受賞した作品を六回も手がけたのよ！」

「クリオ賞って、広告のアカデミー賞みたいなものだよ」わたしはオパに解説した。

「ふーん、そうなの」オマがしぶしぶ認《みと》める。「わたしも大学が大好きだった」オマが切なそうにいう。

「オマも大学に通ってたの？」知らなかった、びっくり。

「この人をどこで見つけたと思ってる？」オマがオパを指さす。

「このムスッとしたお嬢《じょう》さんが、わたし以外のたったひとりの中国人学生だったんだ」オパがオマのほうに手をひらひらさせる。「みんな、わたしらをくっつけようとしてきたけど、オマはわたしに目もくれなかったな。まったくがんこ者だよ！」

「じゃあ、なんで結婚《けっこん》することになったの？」わたしはたずねた。ママも興味《きょうみ》しんしんだ。

オパが今度は自分を指さす。「このイケメンの魅力《みりょく》にさからえるわけがなかろう！　オマがツンとした鼻をちょっとだけこちらにむけて、このハンサムな顔をよくよく見たら最後、追いかけてくるようになったんだよ」

てっきりオマは否定《ひてい》するかと思ったら、ちがってた。「そのとおり！　ほら、見て、いまだってこんなにハンサム。わたしたちは卒業してすぐに結婚した。ハネムーンはハワイに行く予定だったの」

ふたりは顔を見合わせてにこーっとした。目の前にいるのはもう、車いすにのった病気のおじいさんと夫を心配するつかれたおばあさんじゃない。ビーチで沈《しず》む夕日をながめている若いカップルを見ているようだ。

オパがオマのほうに手をのばす。手をつないだとき、オパの手はふるえてなかった。「ハワイには行けなかったがね」後悔の表情を浮かべる。「うちの父が結婚式の直後に心臓発作《しんぞうほっさ》で亡《な》くなったから」

オマがうなずく。「そのかわりに、〈ゴールデンパレス〉でハネムーンをしたの」

オパは見たことないようなつらそうな表情を浮かべた。「残念だったな」

「わたしはそうは思ってない」オマがきっぱりいって、オパの手をぎゅっとにぎった。

オマの目から涙《なみだ》がこぼれる。ママとわたしはどうしたらいいかわからなくて顔を見合わせた。

オマが泣いてるところなんてはじめて見る。

「ほらほら、ばあさん、湿《しめ》っぽいのはなしだ！　わたしの葬式《そうしき》にとっといてくれ！」オパがいう。

オマが手の甲で涙をぬぐう。「まったく、たまにほんとに頭に来ることをいうんだから。そういうことをいうのはやめてちょうだい」

「いま涙をぜんぶ流しちゃったら、わたしが死んで埋《う》められるときに残ってないだろうが」オパがふざける。

「ぜんぜんおもしろくない」オマはそういって、顔をそむけた。

49

月曜日。いつもの騒《さわ》がしい家族がまた来てる。お母さんはどう見てもつかれきってる。うちのハルマキを好きなのを知ってるから、一個おまけしてもっていく。そのとき、ママがホームズ校長にいらっしゃいっていってるのを見かけた。今日のTシャツのプリントは、“So Many Books, So Little Time”（本はたくさんあるし、時間は足りない）。

「今日のオーダーはクンパオシュリンプ？」

「さすがわかってるね、シャーロット」

ふたりが無言のほほえみを交わしたのをわたしは見逃《みのが》さない。校長がバドを盗《ぬす》むなんてことはありえない。ママを困らせるようなことはぜったいにしないはず。

ママが声を低くする。なんのないしょ話してるんだろう？　ふたりから見えないところにまわりこんで盗みぎきする。

「勇気がなかなかでなくて……」

校長がママの手をとったとき、わたしはその場をはなれた。

ママの相手として校長がだめってわけじゃない。でも、あんまり深いつきあいになってもらっちゃ困る。だってそんなことになったら、ラストチャンスからはなれられなくなっちゃう。校長のほうがロサンゼルスに引っ越してくるように説得《せっとく》してみようかな。それならつきあってもらってかまわない。

あとで、オマにきいてみた。「ママとホームズ校長ってどういう関係なの？」

「小さいころからの親友だよ」オマはピーナッツを手づかみしてクンパオシュリンプにポイッといれた。

今日はホームズ校長にエビを四匹おまけしてる。

「どう思う？」

「だれのこと？　グレン・ホームズ？　家族みたいなもんだからねえ」ガーリックがジュウジュウいって、灰色《はいいろ》のエビが白くなっていく。「子どものころは、グレンも苦労したんだよ。自分の親よりわたしとオパと仲よくしてたんじゃないかしらね」

オマは、ママがホームズ校長と結婚して子どもを産んでたらよかったって思ってるんじゃないかな。事務所に行って、フォーチュンクッキーの紙をタイプする。「友人と家族はいつでも大歓《だいかん》迎《げい》」みたいなのをいくつか。

ライスをボウルに盛《も》って、スプーンの背でぎゅっぎゅっと押しかためてから、お皿の上でひっくり返す。ボウルをもちあげると、きれいなドーム型のできあがり。シュリンプとワンタンスープの横にフォーチュンクッキーをおく。

「来るお客はみんな、メイジーのフォーチュンクッキーを楽しみにしてるからね」オマがウィンクする。

わたしはニコッとして、トレーをもつ。「ホームズ校長とママってつきあうと思う？　ほら、デートとかそういうの」

オマが一瞬、動きをとめる。それからやさしい声でいった。「それはないでしょうね。親友が再会して久しぶりに楽しんでるってだけでしょ」

オマは、ふたりがないしょ話したり手をつないだりしてるのを見てないから。

そうだ、いまなら、もうひと組の親友のことをきけそうな気がする。オパとウェルナーさんのあいだになにがあったのか、ずっと気になってた。その話題を切りだそうとしたとき、男の子が店にかけこんできた。前に会った、ローガンがワームをあげてるフィンっていう子だ。わたしがつくったチラシをふりまわしてる。

「メイジー、見つけた！　バドを見つけたんだよ！」

フィンがどんどん走っていくので、ついていくのがやっと。びっくりだけど、昼寝犬がついてきた。駅舎《えきしゃ》にむかって走っていくと、ローガンが願《ねが》いの井戸《いど》で待っていた。

「バドは森のなかだよ！」フィンがローガンにさけぶ。

みんな息を切らしてる。フィンがやっとスピードをおとした。まわりじゅう木でかこまれてて、バドの姿はどこにも見えない。「それで？」わたしはたずねた。

「バドはここにいたんだ！」フィンはいまいち自信がなさそうだ。

「どこ？」ローガンがつめよる。「このあたりは何十回もさがしたんだよ」

フィンはバドを見たという正確な場所を思い出せない。わたしたちは、何度もおなじ場所をさがしつづけた。

「そろそろ帰ろうか。バドはここにはいないよ」わたしはいった。もう暗くなってきた。

「えっ、待って。ぜったいこの近くにいるんだよ。見たんだから！」フィンがいいはる。

「メイジーのいうとおりだな」ローガンもこちらを見つめながらいう。たぶんわたしたちが考えてることはいっしょ。フィンはほんとうはバドを見てなんかいない。

何時間もむだにしちゃった。帰ろうとしたとき、昼寝犬がほえはじめた。フィンがあっと声をあげる。金色の小さな光がいくつもまわりを飛んでいく。ホタルだ。ホタルのあとを追いかけていくと、小道のわきに……あっ！

「バド！」わたしは土が盛りあがってるところにつまずいて転び、ひざをすりむいた。「バド、だいじょうぶなの？」そうたずねる。信じられないけど、泣いていた。

バドは昼寝してるみたいにあおむけで転がっていた。左手がちょっとこわれてるけど、それ以外はぶじのようだ。肩のところに小さい穴がふたつ、胸にひとつ。ラッキーのころの銃弾《じゅうだん》がまだ、そのうちのひとつにはまったままだ。

「バドだ！　バドがいた！」ローガンがさけぶ。

「ほーらね、だからいったじゃん」フィンが得意になる。「ぼく、探しものが得意なんだから。前なんか、ゴミ箱からおじさんの入れ歯を見つけたことだってあるんだよ。ごほうび、もらえるんだよね？」

50

まっ先に報告した相手はオパ。「さすが！　バドばんざい！」オパはさけんで、レモネードのグラスを高々とかかげた。

こんなにうれしそうなオパを見るのは久しぶり。運が上向きになってきた。

「メイジー、朝になってもバドはちゃんといるんだろうな？」

わたしはうなずいた。「ポーカーのチップを目印においてきたもん。ヘンゼルとグレーテルみたいに！」

オパが笑う。「よくネコには九つの命があるっていわれてるが、あのクマもそうだとは、だれも知らんだろうな」

つぎに報告に行ったのは〈ゴールデンパレス〉。オマは泣いてよろこんでた。デイジーは歓喜《かんき》の大声をあげた。ホームズ校長はバドの手を直してくれるっていった。エヴァがトラックを貸すといってくれて、ママがいった。「明日の朝いちばんでバドをつれにいきましょう。明るくなったらすぐ行くわよ！」

ウィットロック町長が自分のテーブルのほうに手招《てまね》きしてきた。心配ごとがあるみたいな顔をしてる。「バドを見つけたっていうのはほんとうか？」

レディ・マクベスがお茶をすすりながら耳をすませている。

「はい。なので、インタビューはむだになっちゃいましたね」

「あんなに質の高い記事はなかなかない。賞にさえ値《あたい》する記事だ。ただ、バドが行方不明のままのほうが話題になりやすいはずだな」町長は、わたしにっていうよりもひとり言《ごと》みたいにつぶやいた。「締め切《し き》りまであと二日ほどあるから、結論を書きなおす時間はある。メイジー、脅迫状をおいていった人物はわかったのか？」

わたしは首を横にふった。だれかは知らないけど、まだ野放《のばな》しになってる。バドの近くにウィスキーのびんが転がってたけど、手がかりになるかな？

翌朝、ちょっとした人だかりができてた。ローガンがさけぶ。「みなさん、バドをもちあげますので少し下がっててください！」

フィンがツンツンしてくる。「見つけたのぼくだってみんなにいってよ！」

金物屋《かなものや》さんがもってきてくれたロープをバドに巻《ま》いて引きあげ、ママとウェルナーさんとホームズ校長とあと数人でエヴァのトラックの荷台にのせた。町長がパシャパシャ写真をとる。エリックとその一番弟子《でし》、いじわる女子その一とその二、あと見たことない人たちも来てた。ライリーがわたしに手をふる。

メインストリートを少し走って、エヴァが〈ゴールデンパレス〉の前にトラックをとめると、オマとオパが待ちかまえてた。オパが外に出たのは一週間ぶりだ。

「バド！」デイジーがぴょんぴょん飛びはねる。

みんな、バドが店の前の定位置にもどってくると拍手《はくしゅ》した。オパは車いすでバドに近づいて、手をトントンとたたいた。オマがバドについていた土をはらう。昼寝犬が番犬みたいにバドの横で丸くなった。

「ごほうび、いますぐもらえるの？」フィンは待ちきれないって感じだ。「メイシーが、一週間ただでなんでも食べていいっていってた！」

オマがうなずく。「なんでも好きなものをどうぞ」

「店のなかまで押してってってくれ。いままで食べたことのないようなごちそうをつくってやろう」オパがフィンにいう。

オパはごきげんだから、いまならなんでもうんっていってくれそう。「今夜、ラッキーの話のつづきをきかせて」

「よし、わかった！」オパがいう。

今日はいいことばっかり。

ペーパーサンズ　一九〇五年

週に七日、ラッキーとルルは昼夜を問わずはたらきつづけた。ラストチャンスで下車した旅行客がおいしい食事を楽しむのは〈ゴールデンパレス〉と決まっていた。だけど、やってくるのは白人だけではなかった。

ラッキーがサンフランシスコのチャイナタウンにいたとき、ほとんどの人たちはアメリカのまんなかにチャイニーズレストランがあるなんて想像もできなかったが、それでもラッキーに感心していた。このころには中国の広東省《かんとんしょう》から出てきた少年はもう、アメリカに来て三十年以上になっていた。

中国人排斥法のせいで、移民はまだ市民権《しみんけん》を得られずにいた。だから、アメリカの市民権をもつ者の息子だと記載《きさい》された書類を買って市民権を得る移民が多くいた。

ラッキーがアメリカに来たのは排斥法が施行《せこう》される前だから、ペーパーサンではない。それでも、自分がアメリカに来たときにどんなに苦労したかを忘れることは決してなかった。だからラッキーはペーパーサンたちにいった。「ミネソタに来ることがあったらわたしをたよってください。食事をしにいらっしゃるだけでもかまいません」

列車が国じゅうを走るようになると、ペーパーサンが〈ゴールデンパレス〉の裏口《うらぐち》をノックすることはめずらしくなくなった。中国人コミュニティのあいだにうわさが広まった。国のまんなかに、初対面でもあれこれきかずに歓迎《かんげい》してくれる人がいる、と。ルルもフィリップス夫人から助けてもらった経験があるので、自分もおなじことをしようと決めていた。「会ったばかりでも、あなたはここでは家族です」ルルは訪《おとず》れる人たちにいった。

そのころ、ラッキーとルルは近くの小さな家に住んでいた。店の厨房の裏にある事務所に訪問者たちは寝泊《ねと》まりした。ルルは訪問者たちの写真をとり、もらった手紙といっしょに事務所に貼るようになった。二、三泊ほどしていく者もいたし、一週間かそこらいる者も、なかには何か月も滞在する者もいた。みんな、厨房ではたらき、客からは見られないようにしていた。そうしないと、ラッキーとルルがまずいことになる。なにしろ、中国人に対する反感はまだ消えていなかった。

〈ゴールデンパレス〉に助けられたのは、中国人移民だけではなかった。とくにルルは地元の人を積極的に支援して、生活にこまっている未亡人《みぼうじん》や子どもたちに食べものを届けていた。ルルを天使と呼ぶ人もいたけれど、みんながみんなではなかった。

「中国に帰れ」そういう人たちはいう。

バドがなぎたおされるのも一度や二度ではなかった。

ある夜、とくにいそがしかった日の営業がおわって家に帰ったラッキーとルルは、ドアをはげしくたたく音にギョッとした。呼びにきたのは、店ではたらいていたペーパーサンだった。「火事だ！」

またしても町の人々が団結して火を消したけれど、今回は前よりも被害が大きかった。

「放火だな」翌朝、スウェイン保安官《ほあんかん》は首を横にふりながら、店のすすだらけの壁《かべ》と焼けこげた家具を見つめていった。

ラッキーは、二度もこんな目にあうなんて信じられなかった。「サンフランシスコに帰ったほうがいいのかもしれない」打ちひしがれていう。「フィリップス邸で仕事をすればいい。あるいは、中国にもどったほうがいいのかもしれないな」

「中国？」ルルは目を見ひらいた。「わたしはアメリカ人よ。中国語も話せないのに！」

ラッキーは、煙《けむり》をあげる木材の山を手で示した。「だが、このしまつだ」

「わたしたちがここからはなれたら、こんなことをした卑怯者の勝ちってことになる。それに、わたしたちの子どもになんていえばいいの？」ルルがいう。

ラッキーはキョトンとした。「わたしたちの子ども？」

ルルーがお腹《なか》に手をおく。そして、笑った。あとにも先にも、ラッキーが言葉を失ったのはそのときだけだった。

51

デイジーはバナナの葉っぱを前にして緊張中《きんちょうちゅう》。

「豚肉《ぶたにく》の上に塩漬《しおづ》けの魚のかけらをのっけて、こうやって包《つつ》むんだよ」オマがデイジーにやってみせる。「タロイモの葉っぱがないからバナナで代用」

ハワイの郷土料理《きょうどりょうり》のラウラウはディナーに出す予定だけど、蒸《む》すのに何時間もかかる。その時間を利用して、〈ゴールデンパレス〉をできるかぎりハワイの楽園に変身させる。

ママが各テーブルに海の香りがするキャンドルをおいて、そのまわりに貝がらを散らす。わたしは釣《つ》り用ベストに貝がらをいくつかいれた。「これって毎年やってるの？」わたしはたずねながら、ピカピカ光る豆電球をつるした。ホタルみたい。

オマが色紙《いろがみ》でつくったレイを腕にたくさんかけて近づいてきた。「新婚旅行《しんこんりよこう》で行けなかったから、結婚《けっこん》記念日には毎年ハワイをここにもってくるんだよ」

あ、それで思い出した。事務所に走って、オパが注文した花が入った箱《はこ》をとってくる。

オマはムッとしてるみたいなふりをしたけど、よろこんでるのは見え見え。

「もう、毎年毎年、こんなものにお金をかけなくていいのに！」オマはいいながら、ゆっくりと箱をあけた。

「はい、かけてあげる」ママがいって、紫《むらさき》と白のレイをオマの首にかける。

オマとママとわたしはしばらく無言でランの甘《あま》い香りをかいでいた。うっとりしてたら、デイジーのさけび声でぶちやぶられた。「サーモンはどれくらい炒めるの？」

とっさにオマが厨房《ちゆうぼう》にダッシュしていく。刻《きざ》んだトマトとオニオンが、角切《かくぎ》りにした生のサーモンに追加するだけになっている。「ロミロミは生で食べるんだよ。スシみたいにね！」オマはデイジーをコンロの前から引きはなした。

家で、オパがわたしを待っていた。ハワイアンシャツを着て、一気に若がえったみたい。「さあ、花嫁《はなよめ》のところに連れてってくれ！」オパがいう。ほんとうは外出しちゃいけないんだけど、お医者さんがひと晩だけ許可《きよか》してくれた。

バドが帰ってきて二日になる。バドも首に何重にもレイをかけて、さらに両腕《りようて》からもぶらさげてる。オマの手書きの看板《かんばん》に、「ハワイアンナイトにようこそ――おひとつおとりください」

って書いてある。

オパが三つ、わたしがふたつとった。

店に入ると、ライトがキラキラしてテーブルにキャンドルが灯《とも》って、おとぎの国みたい。レコードプレーヤーにアルバムがのっかってて、男性歌手がうたう「タイニー・バブルス」っていうハワイアンが流れている。

オマがオパに近づいてきて、「アロハ！」といいながら色紙のレイの上から葉っぱでつくったレイをかける。

ママがラウラウとポイをのせた大皿《おおざら》を運んできた。ポイは紫色のプディングみたいに見える。オパの前にロミロミをおくと、デイジーが厨房からかけだしてきて説明する。「炒めるのを忘れたわけじゃないんです。これ、スシみたいに生で食べる料理なんですよ」

厨房にもどろうとするデイジーを、オパが呼びとめた。「デイジー、待った！」

デイジーがこわごわふりむくと、オパがロミロミを指さしながらいった。「うまくできたな！」

それでデイジーはほっと胸をなでおろした。

オマはやってきたお客さんを「ハワイアンナイトにようこそ！」とあったかい笑顔で出迎えている。ホームズ校長は、ヴィンテージの“Surf's Up”ロゴ入りTシャツを着て登場したし、レディ・マクベスはお祝い用の花柄《はながら》のワンピースを着ていた。みんな、オマとオパに結婚記念日おめでとうをいう。

いまかかっているアルバムのジャケットには、ドン・ホーという歌手の顔写真がのっている。

うたっているハワイアンは、「オブ・スウィート・アロハ……永遠より長くあなたを愛すでしょう……」というラブソングで、タイトルは「ハワイアン・ウェディング・ソング」

ママが打ち明け話をする。「わたしが子どものとき、毎年母さんと父さんが店のまんなかでこの歌に合わせてダンスをしていてね、すごく恥ずかしかった」ママが首を横にふる。「いまは、踊《おど》ってくれたらいいのにと思うわ」

とっさに思いついてわたしは走っていくと、オパに、それからオマに耳打ちをした。ママはわたしがなにをしているか気づくと、レコード針をもちあげて、曲を最初からかけ直した。オマをオパのひざの上にすわらせて、わたしはゆっくり、車いすをくるくるまわした。ドン・ホーが「ハワイアン・ウェディング・ソング」をやさしくうたっている。

52

カードを切るオパの手がふるえている。結婚記念日の夜はあんなに元気だったのに、すっかり弱ってる。カードの束《たば》を落としたので、わたしもオパも笑って、わざとだよ、みたいなふりをした。「さーて、五十二枚のカードひろい競争だ」オパがふざける。「ひろえるカードが五十二枚もあるぞ！」

とんでもなく遠くまで飛んじゃったカードもある。「一枚残らずひろうんだぞ。でないと、台なしデッキになる」オパがいう。

「台なしデッキ？　なにそれ？」わたしはソファの下に手をのばした。スペードのエースにくわえて、ゴルフボールと半分残ってるタバコの箱も出てきた。

「台なしデッキってのは、カードが何枚か足りないとか、なにかしらの問題があるときにいうんだ」オパがタバコの箱を見つめてからきっぱりいう。「わたしのじゃない。ま、とにかく、台なしデッキじゃ、ちゃんとしたポーカーはできない」

カードを五十二枚ひろい集めてから、袋《ふくろ》からブラートヴルストをとりだした。オパが、わたしが自分用に買ってきた辛《から》さ三倍のホットチリペッパーのブラートヴルストを食べはじめる。あっ、オパはもう辛いものを食べちゃいけないんだった！ 食べると具合が悪くなる。「オパ！」

「なんだ？」オパはもぐもぐしながらいう。

オパはぜったいに認《みと》めようとしないけど、味覚《みかく》がおかしくなってきている。ママがいってたけど、歳をとるとそういうことがあるそうだ。わたしは辛いブラートヴルストをうばって、ワンタンスープのボウルをオパの前においた。「ウェルナーさんとは、オパがポーカーでずるをしたことでケンカになったの？」

オパがとっさにポーカーフェイスをする。「だれからきいた？」

「オマ」

オパは、まんなかに青い花模様《はなもよう》がついてる陶磁器《とうじき》のスープスプーンを手にとった。スープをかき混ぜながら、あたらしく配られたカードを確認するみたいにわたしの質問について思いをめぐらせている。

「ウェルナーが考えてることが、真実とはことなるってこともある」オパの手はふるえていて、スープがボウルからこぼれた。

わたしはだまってスプーンを受けとって、かわりにパンにはさんだブラートヴルストを差しだした。大きいしやわらかいのでしっかり握れる。「で、ずるはしたの？」

「したらなんだっていうんだ？」オパは、わたしのあきれた顔を見て得意になってる。「認めるとしたら死んだあとだ！　しかも、たったの一回だぞ。それくらいのことで大騒《おおさわ》ぎするほうがおかしい」


ちょうどウェルナーさんがやって来た。オパといっしょにいると、もともと悲しそうなウェルナーさんの顔がさらに悲しそうに見える。ふたりの元親友は、だまったままカルロス！を観《み》てる。今日のカルロス！は、マサチューセッツ州ノーサンプトンの大学生に囲《かこ》まれている。「なんてサクサクなパイ生地《きじ》だ！」カルロス！がタルトを高くかかげる。学生たちは、フットボールの試合観戦《かんせん》みたいに歓声《かんせい》をあげている。「レモンの酸味《さんみ》がきいてるな！」さらなる歓声。「それにこの甘いメレンゲと結婚したいくらいだ！　これはまさに……」

興奮《こうふん》に包まれた大学生たちとオパとウェルナーさんがカルロス！と声を合わせて「激《げき》ウマの一品！」ってさけぶ。オパとウェルナーさんはうっかり顔を見合わせてニッコリしちゃってから、自分たちが宿敵《しゅくてき》同士だってことを思い出したみたい。

53

フィンがバドを見つけてからもうすぐ一週間。やせてるのに、フィンって料理をバンバン注文する。もしかして、家であんまり食べてないのかな。

「ごちそうさまです、チェンさん」フィンは、オマにテイクアウト用の大きな袋をもらうといった。

「ついついつくりすぎちゃって」オマがいいわけする。

そのあとローガンとわたしが駅舎《えきしや》にむかおうとしてるとき、〈ベン・フランクリン〉から高校生のグループがドヤドヤ出てきた。エリックがいるのに気づいて、わたしはローガンを戸口のなかに押しこんで身をかくした。

「なにっ？」ローガンが声をあげる。

わたしは、エリックたちのほうを指さした。

「夜中の十二時に教会だ」エリックが仲間たちに指示している。「おじけづいてないやつは集合！」

「対戦相手から目をはなすな」オパはいつもいってる。「やかましく騒ぐ者にかざって、自分のカードが弱いのをかくそうとしてるんだ」って。

「またあいつのところに行けたら行くぞ」エリックがいうと、一番弟子《でし》がうなずく。

ローガンがもんくをいおうとしたので、わたしはひじでつついてささやいた。

「犯人はかならず現場にもどってくる。エリックはきっと、今夜またバドになんかするつもりだよ！」

「でも、筆跡《ひっせき》が一致《いっち》しなかったよね」

「あそこにいる仲間のうちだれかが書いたのかも」わたしは、エリックたちがメインストリートを歩いていくのをじっと見つめた。

午後十一時三十分。ローガンがおびえすぎて家をぬけだせないので、わたしひとりで行くことにした。オパの釣り用ベストを着て、ママの古いポラロイドカメラを大きなポケットにいれ、懐中電灯《かいちゅうでんとう》と双眼鏡《そうがんきょう》とその他いろいろもしっかり収納《しゅうのう》した。

テレビにうつっているカルロス！以外は、家じゅうが眠っている。「ここはカリフォルニア州オークランドのアジアンマーケットです」カルロス！が危なっかしいとげだらけの果物《くだもの》をかかげて見せる。「ドリアンはにおいが非常にきついため、シンガポールでは公共交通機関にもちこむことが禁止されていて……」

通りにはだれもいない。コオロギが鳴《な》いている。昼寝犬がうろうろしながらあちこち鼻をくんくんさせている。夜は昼寝しないんだな。昔《むかし》っぽい感じの街灯《がいとう》がメインストリートを明るく照らしてるので、わたしは影を選んで歩いた。〈ゴールデンパレス〉はこの先の角だ。バドのシルエットが見えてきた。

午後十一時四五分。教会にいちばん乗りしたのはわたし。このあたりはちょっとこわい。建物のわきにあるふぞろいな木製《もくせい》の階段《かいだん》の下にするっともぐりこんだ。からだが小さい特権《とっけん》だ。

夜中の十二時を八分すぎたころ、かすかなざわめきが近づいてきた。声がだんだん大きく、にぎやかになってくると、緊張でからだがかたくなる。男の子たちが笑いながら、静かにしろよとかいいあってる。エリックの一番弟子が茶色い紙袋をもっている。

「パーティのはじまりだ！」エリックがえらそうにいう。

姿をかくしたわたしの前を、エリックたちがとおりすぎていく。そのあと、スパイになった気分でわたしはあとをつけていった。ネコみたいに足音をしのばせて。

エリックたちの影が、月明かりに照らされて巨人みたいに見える。写真をとりたいけど、フラッシュでばれるといけないので一枚だけにした。写真をとったらにげる、というのが計画だ。証拠《しょうこ》が手に入ったからもう帰ろう！

暗闇《くらやみ》のなかにエリックたちの声がひびきわたる。「最初のひと口はおれだけど、ふた口目は？ ひと口？」

双眼鏡を調整《ちょうせい》してよく見てみる。

「すげえウィスキーだ！」エリックが感心してヒュウッと口笛《くちぶえ》をふく。

ウィスキー？　バドを見つけたとき、そばにウィスキーのびんが転がってた。わたしは帰るのをやめて、また暗がりに身をひそめた。エリックたちはびんをまわしてのみつづけている。やれやれ、長い夜になるかもしれない。

二時間後、エリックたちは、ただの酔《よ》っ払《ぱら》いのばか集団になっていた。歩けるようになったばかりの赤ん坊みたいにヨタヨタして、そのまま解散する。みんな、やっと家に帰るらしい。わたしもくたくたで、早くベッドに入りたくてたまらない。

〈ゴールデンパレス〉に近づくと、悲鳴《ひめい》がきこえた。ふいに、目がシャキッとさめた。おじけづいてる場合じゃない。わたしは限界突破《げんかいとっぱ》のスピードで走った。いたっ！　バドが立っているむこうの暗がりに人影がある。ふるえる手でポラロイドをとりだしてシャッターを押した。ピカッ！

フラッシュがバドのとなりにいる人物を照らした。

「ちょっと！」

「えっ……？」わたしはギョッとして立ちつくした。

ジーッ。ポラロイド写真が出てきた。

54

からだのふるえがおさまらない。

「メイジー？」

ママがびっくりした顔で立っていた。「何時だと思ってるの？　だいじょうぶなの？　どうして家をぬけだしたりしたの？　いま、わたしの写真をとった？」

質問を浴びせられながら、わたしはバドをひたすら見つめていた。

バドに、「中国野郎《チンク》！」と黄色いペンキでいたずら書きがされている。

カッとなって、こわくなって、わけがわからない。

「ママ?」なんか、はきそう。ママがもっているはけから、黄色いペンキがポタポタたれている。ふるえる声でたずねた。「ママがやったの?」

「なにを?」ママがポカンとする。そのとき、バドのいたずら書きに気づいた。「まさか!」ママはいきなり火がついたみたいにはけを放り投げた。「そんなわけないでしょ? あなたが家にいないからさがしに出てきたのよ。そうしたら人影が見えて……『待ちなさい!』ってさけんだの。そうしたら、これを放り投げて逃げていったの」

地面にふたのあいたペンキの缶《かん》がおいてある。

ああ、ホッとした……と思ったらつぎの瞬間《しゅんかん》、アドレナリンが全身をかけめぐってきて、じっと立っていられないほど。「だれだったの?」わたしはママの腕をつかんだ。「ねえ、追いかけよう! まだそんなに遠くには行ってないはず……」

「メイジー!」ママはその場を一歩も動かない。「だれなのかは見えなかった。見えたとしても、こんなまっ暗ななかを追いかけてなんかいけない。危ないでしょ。しかも、わたしに説明しなきゃいけないことがあるわよね?」

55

きのうの夜、ママはすごく怒ってた。危険な行動についてのお説教《せっきょう》をえんえんときかされた。そのうちオママも加わってきて、またママが引きついで、そんな感じで一生おわらないんじゃないかと思った。百回はごめんなさいっていったけど、たぶんママもオマもきいちゃいない。家をぬけだしたことで外出禁止になって、〈ゴールデンパレス〉に行くか家のなかでオパといっしょにいるか以外はなんにもしちゃいけないといいわたされた。いまは、オマがオパといっしょに家にいる。ふたりともバドがいたずら書きされたことで動揺《どうよう》してるけど、認めようとはしない。

釣り用ベストは黄色いペンキだらけ。ベストをつかってペンキをぬぐおうとしたけど、しみを広げておわった。ホームズ校長がペンキの溶剤《ようざい》をもってきて落としてくれた。ランチタイムまでにはいたずら書きは消えてたけど、わたしの記憶《きおく》からは消えない。

ウィットロック町長がお茶に砂糖《さとう》をいれている。「ラストチャンスでこんなことが起きるなんて、だれが想像した？」通りかかったわたしにいう。

厨房にもどると、デイジーが町長をじっと見ていた。厨房から出て町長にむかって歩いていくけど、何度も思い直して回れ右をする。ダンスしてるみたい。

「リサイクルの提案を町長にしたいの」デイジーは米袋でつくったワンピースを着て、幸運を願《ねが》ってボタンのネックレスをしている。「でも、なんかこわそうなんだもん」

わたしは町長をチラッと見た。ナプキンを水にひたして、シャツにお茶をこぼしてできたしみをふきとろうとしてる。

「メイジー、どうしよう？」

わたしはデイジーにフォーチュンクッキーをひとつ手わたした。

デイジーは入っていた占《うらな》いの紙を読むと、ひとつうなずいて、背筋《せすじ》をシャキッとさせて町長に近づいていった。

ふたりの話はきこえないけど、数分後、デイジーは顔を赤くして足取りもかるく厨房にもどってきた。「フォーチュンクッキーに、思い切ってやってみなさいって書いてあったの。だから、勇気を出して話してみた。そうしたらウィットロック町長が、ラストチャンスのリサイクルプログラムを検討するって約束してくれた」

ちょっとだけ背中を押せばそれでじゅうぶん、ってことがある。

56

オパといっしょにお昼をたべているとき、ついにお箸《はし》でお米をひと粒《つぶ》つまむことに成功した。

「これで一人前のチャイニーズガールだな」オパがお祝いしてくれる。ライスが山盛《やまも》りのお茶碗《ちゃわん》をテーブルのこちら側にすべらせてくる。「ほれ、これが約束のプレゼントだ！」

「オパったらもうっ！」わたしは声をあげて笑った。バドにいたずら書きされてたヘイトスピーチのことが頭からはなれなかったから、笑うのはいい気分。

カルロス！がフレンチのビストロでエスカルゴを食べようとしている。「カタツムリだぞ」オパがテレビの画面を指さす。「おい、カルロス！　やめろ！」

「なんで男ばっかりなの？」わたしはたずねた。しばらく前からずっと考えてたことだ。

「カタツムリがか？」

「事務所の壁《かべ》の写真。ペーパーサンばっかり。娘《ドーター》はいなかったの？」

オパがテレビのボリュームをさげる。「当時は、女性は中国に残って義理《ぎり》の両親の世話をするのがふつうだったんだよ」

そういえばラッキーのおじさんも、女の子は男の子ほど価値《かち》がないといってたんだっけ。ああ、ムカつく！「学校で習ったんだけど、アメリカでは百年前まで女性は投票権《とうひょうけん》もなかったんでしょ？　世の中、どうかしてるよね？　なんで？」

オパがやれやれと首をふる。「さあ、わたしにもわからんよ。中国系アメリカ人も、一九四三年まで投票権がなかった。つまり、ラッキーがはじめて投票用紙を手にしたのは九十歳のときだった」

「じゃあ、中国系アメリカ人の女の人なんて、もっと苦労したんじゃないの？」

「そうだろうな。夫が経済的《けいざいてき》に安定してはじめて呼びよせられることもあったそうだ。自力で来る女性はかなり少なかったんだよ。あまりにも危険だったからね。だがよく見てみると、勇敢《ゆうかん》なペーパードーターがひとり、壁に見つかるかもしれないよ」

えっ？　そんなはずない。もう写真の顔はぜんぶおぼえてるけど、男の人しかいなかった。

オパは、ラッキーの話をしようとしてるときの顔つきになっている。ただし今度のは、わたしのひいひいおじいちゃんの話じゃなさそう……。

ペーパーサン？　一九三五年

わたしが生まれる前の話だ。〈ゴールデンパレス〉にひとりの若い男がやって来て、数週間だけはたらいていた。母のアナの話によると、やわらかい顔立ちにすべすべした肌《はだ》をして、まだ子どものように見えたそうだ。父のフィリップがいうには、小柄《こがら》な男で、いろんな人のものまねをしては、いつもまわりの人を楽しませていたらしい。

男の名前は、ジアン・リー。西海岸にむかう途中だった。当時、ペーパーサンの行き先は東海岸か西海岸が多かった。そのどちらにしても、旅の途中でミネソタにたどりついてそのまま落ち着くこともあった。

ある日の閉店後、母がカタログ注文でとりよせたワンピースをとりに店に行った。もう夜遅かったけど、つぎの日の朝、教会に着ていく予定だったからだ。店に行くと、いつもならいるはずのジアンが姿《すがた》を消していた。かわりに、うつくしい若い中国人女性がワンピースを試着していた。母はびっくりした。どこのだれか、わからなかったからだ。

その若い女性は見つかってしまったことにあわてていたけど、母を信頼《しんらい》して事情を打ち明けた。ここ数週間、店ではたらくうちに母がどんなに善良《ぜんりょう》かを知るようになっていたからだ。お茶をのみながら、その見知らぬ女性は信じられないような話をした。ジアン・リーとして男装《だんそう》していた、と。

彼女の両親はコツコツ貯《た》めたお金で、ひとり息子をペーパーサンとしてアメリカに送ろうとしていた。ところが悲しいことに、息子は病《やまい》にたおれて船に乗る前に亡《な》くなってしまった。船賃《ふなちん》はもどってこないので、まだ十代だった妹が兄のふりをして船に乗ることになった。

ラストチャンスを去ってから、ジアンはハリウッドにたどり着いた。名前をジーン・リーにかえて、アメリカの映画界ではじめての中国人女優のひとりになった。過去をせんさくされると、ジーンはしぶしぶ秘密《ひみつ》の身元を明かした。自分は、中国のプリンセスだと。人々はその話に飛びついて、みんながそれを信じた。

わたしの母はジアンが女性だったということを、わたしの父にもラッキーにもルルにも秘密にしていた。だけど亡くなる前に、わたしに話してくれた。「ジョニー、ものごとは必ずしも見かけどおりとはかぎらない。それは、人間にも当てはまるの」

57

外出禁止がとけた！　ローガンとの待ち合わせに行く前に、〈ゴールデンパレス〉に寄ってジーン・リーをさがす。写真を一枚ずつよーく目をこらして見たけど、どこにもいない。オパにまたからかわれたのかな？　あ、でも……。そのとき、「テーブルを読め」というオパの言葉が頭に浮かんだ。

壁から少しはなれて、ぜんぶの写真をいっぺんにながめる。まじめそうな顔がたくさん……だけどひとつだけ、ほかとはちがって見える顔がある。ゆっくり近づいてみる。ほかの写真は視界の外に追いやって、一枚だけ焦点にいれる。

やわらかい顔立ちにすべすべの肌の若い男の人が見えてきた。それだけじゃなくて、その人は秘密があるみたいに笑ってる。その秘密って、実は兄のジアン・リーのふりをしたジーン・リーだってことだ。

こんにちは、ペーパードーター。

「ほんのりガーリックの甘さと赤唐辛子《あかとうがらし》の風味」わたしは家に帰るとオパにいった。オパは目をとじて、わたしの説明《せつめい》をきいている。レディ・マクベスが注文した料理がなにか、って話だ。オパは食欲《しょくよく》はなくなったかもしれないけど、料理への愛は消えてない。

「つづけてくれ、メイジー」

「ビーフはオパが好きな感じに蒸《む》し煮《に》されてる」オパが満足そうな顔をするので、わたしもうれしくなる。「すごくやわらかくて、ほろほろくずれる。ケールはほんの少しオイスターソースで炒《いた》めてあって……」

わたしが話しおえると、オパは満足そうにため息をついた。目をあけて、ドロレスが編《あ》んだブランケットをかけ直す。夏なのに、オパは寒そうだ。

「古い友人がどんなふうかって話をきいているようだ。知っているつもりでも、やっぱりおどろかされる」

たしかに。わたしはうなずいた。ホームズ校長がアカペラグループでうたってたと知ったときみたい。

「オマがデイジーに、料理ってよく知っていても思いがけない発見があるものだっていってた。そんな感じだよね」

「そうだ、そうだ！　中国の哲学《てつがく》でいう陰《いん》と陽《よう》だな。正反対に見えるものがおたがいを補《おぎな》い合う。

ときには、正反対のものが協力しあって、すべてがより強く、よりよくなるんだ」

オマの料理のことを思い出した。最近、ママがオマのつくったものにちょっとした工夫を加えておしゃれな感じにしてる。生のニンジンをカールさせたり、ラディッシュでバラをつくったり。それって、すでにすばらしいものをさらによくしてるってことだ。


ウェルナーさんはノックもしない。だまって入ってきて、何時間もいる。店をはやくしめちゃうことさえある。オマが帰ってこないうちにオパと少しでもいっしょにいるためだ。まだ口をきいてないけど、ふたりともいっしょにカルロス！に話しかけてる。

「その肩バラ肉《ブリスケット》、最高のできだな」ウェルナーさんがいう。

「そうだ、カルロス！ブリスケットはバーベキューソースにひたす必要はない。風味をつけるだけでいいんだ！」オパがウェルナーさんのほうを見もしないでつづきをいう。

みんな、わかりきってることをあえて口にしない。オパがどんどん弱ってきてるってこと。ママとオマがよくしてるのはめんどくさいお客の話、デイジーはコンポストの話。沈黙《ちんもく》があると悲しくなるから、それを避《さ》けるためにノンストップで話しつづける。

「ペチャクチャうるさいぞ」オパは声をあげてわたしにむかってウィンクする。そんな仕草《しぐさ》さえつらそうだ。「死ぬときは死ぬんだ！」

もう、そういうことというんだから。

「おだまり、じいさん！」オマが顔をしかめる。

「父さん！　ほんといいかげんにして。なんでそんなことというの？」ママがオパをしかる。オマとママのなかで、怒《いか》りと愛がしっかり結びついてる。そのふたつがあんまりギュッとくっついてるから、たまに区別がつかなくなる。

「ほんとうのことだから？」オパが答える。

ウェルナーさんはだまってすみっこにすわって、泣きそうな顔をしてる。ウェルナーさんの〝テル〟は、遠い目をすること。ポーカーをするときもこんな感じだったら、オパは毎回楽勝のはず。ウェルナーさんはわたしに見られてると気づくと、ポーカーフェイスをした。わたしもわたしでポーカーフェイスをする。

58

ママといっしょに〈ゴールデンパレス〉にむかって開店準備《じゅんび》をする。オマは最近、家にいることが多い。寝るときも二階に行かずにオパの近くにいるようになった。

「お医者さんはなんていってるの？　よくなるんだよね？」わたしはきいてみた。

ママはエヴァがディスプレイしたウィンドウに見とれてるふりをしてる。ガラスにうつるママの顔は悲しそうなのに、こっちをふりむいたときは満面の笑み。あのときとおんなじ笑顔だ。今年の夏はラストチャンスで過ごすことになるってわたしにいったとき。

「最善《さいぜん》を期待《きたい》しましょ！」ママはやけに声をはりあげる。「いいお医者さんがついてるんだもの。それに、ほら、ポジティブパワーっていうでしょ？」

わたしが返事もしないうちに、ママは店にずんずん入っていった。

デイジーは、ママが仕事モードに入るとホッとしてた。ママは客席全体をちゃんと見て、厨房にオーダーをとおす。レディ・マクベスは、ママが今日は「メニューの変更《へんこう》」があるって説明すると眉《まゆ》をよせた。はっきりいえば、オマが店に来てないしデイジーがこわがって手のこんだ料理をつくらない、ってこと。

ママはデイジーに、料理をおいしそうに見せるコツを伝授《でんじゅ》してる。

「麺《めん》はドーンと盛《も》らずに、くるくるっと渦《うず》を巻《ま》くようにして、仕上げにコリアンダーをのせるの」

「ピーナッツを刻んで軽くふりかけると、ハニーグレーズのビーフが華《はな》やかになるでしょ」

「ワンタンスープにショウガの細切りをちょっと浮かべるだけでおいしそうになる」

この前オマが、デイジーがつくったチンゲンサイ添《そ》えのガーリックポークを見ていった。「ありがとう、シャーロット。最近うちの料理の見栄《みば》えがよくなったよ」

ママはうれしくて気を失いそうになってたけど、なんとかつぶやいた。「どういたしまして、母さん。お安いご用よ」

オパの具合がわるくなればなるほど、ふたりはおたがいにやさしくなってくる。オマにとって、わたしたちがそばにいるのが大きいみたい。口に出してはいわないけど、オパが教えてくれたみたいに、見るべきは人であってゲームじゃない。それこそが〝テル〟だ。たまにママが店で仕事をしてるとき、オマは胸に両手をあててそっとため息をつく。

休憩《きゅうけい》で家に帰ったとき、オマがママの部屋にいたからびっくりした。オマはぼけっと立って、壁にはってあるママの子どものころの写真を見つめていた。

「あら、メイジー！　おどろいた。ちょっとこれをとりにきただけ」オマがいちばん手近にあるものをつかむ。アイスクリームサンデーの形をした香りつきのキャンドル。

「ねえオマ、ちょっといっしょに休憩しない？　いっつもいそがしそうで、ほとんど話してないから」

オマはビーズクッションに腰《こし》をおろした。「ちょっとだけだよ。じいさんのようすを見にいかなくちゃいけないから」

そういえばオマとオパは前にコマーシャル撮影《さつえい》を見学に来たときは迷子《まいご》みたいだったな。ここにいると、すっかりくつろいで見える。「ラストチャンスからほとんど出ないのって、どんな感じだった？」わたしはたずねた。

「オパもわたしも、この町にいて幸せだったよ」オマがそこでひと息つく。「だけど、メイジーのママにとっては居心地《いごこち》がよくなかったんだろうね。町の子どもで白人じゃないのはひとりだけだったから」

「引《ひ》っ越《こ》したいと思ったことはある？」

オマがうなずく。「まあ、何度かね。だけどラストチャンスに残るって決めたから。生まれたフィラデルフィアにもどって仕事をはじめることだってできたけど。オパに会う前は、数学の教師になりたかった。でも、オパといっしょになったらもう、選択《せんたく》の余地《よち》なしだったね」

「レストランの仕事を愛してるから」

「オパを愛してるから。さ、あんなじいさんの話はもうやめだよ、メイジー。このクッションからぬけだすのを手伝ってちょうだい。下に行って、じいさんがなにをやらかしてるか、見にいかなくちゃね」

わたしは階段のてっぺんにすわって、ふたりの話し声に耳をすませた。なんかホッとする。若いころのオマは、いろんなことをあきらめるほどオパを愛してたんだな。ルル、オパのお母さんのアナ、オマ……三代の中国系アメリカ人女性たちはみんな、大都市からこの小さい町にうつり住んで、夫と生活をした。そしてママは、まったく反対の道を選んだ。自分の夢を追いかけて、たぶんその夢をかなえたんだ。

アメリカンドリーム　一九〇五年

ルルのいうとおり、ラッキーもルルもアメリカ人だった。「故郷《こきょう》とは心がある場所よ」ルルはラッキーにいった。子どもをこの地で育てよう。ミネソタ州ラストチャンスという心がある場所で、アメリカのまんなかで。そう決断するのはたやすいことだった。ところが〈ゴールデンパレス〉の再建は、そうかんたんにはいかなかった。

ラッキーがいくら上品なスーツを着て完璧《かんぺき》な英語を話していても、銀行は必要な資金《しきん》を貸してくれなかった。〈ゴールデンパレス〉が繁盛《はんじょう》していようとも、町長やスウェイン保安官《ほあんかん》やほかにも数人の街《まち》の有力者の紹介状《しょうかいじょう》をもっていようとも、関係ない。白人の銀行員の目には、ラッキーはただの中国人としか見えていなかった。

ついにラッキーは、信用できない男たちから借金をするしかなくなった。高い利子《りし》を請求《せいきゅう》され、返済が少しでも遅れようものなら家族に危害を加えるとはっきりいわれた。

〈ゴールデンパレス〉の再建がはじまったとき、たくさんの近所の人たちが手伝いにかけつけた。だれもが、さんざん支えてもらった隣人《りんじん》への感謝の気持ちを示したいと願っていた。やっとラッキーとルルにお返しができる。

ついに〈ゴールデンパレス〉はリニューアルオープンの日をむかえた。ラッキーと並んで立つルルは、腕に赤ん坊を抱《だ》いていた。フィリップス夫妻は、赤ん坊が自分たちの名前をとって名づけられたと知って大よろこびして、ベビー・フィリップに服とおもちゃと寝具《しんぐ》とノランケットでぱんぱんの箱を送ってきた。

ラッキーと家族にとって、人生は上向きになっていた。

59

「ベビー・フィリップって、オパのお父さんだ！　でしょ、オパ？」

オパはニッコリしようとしたけど、顔がつかれていた。「ああ、わたしの父は、大金持ちの名前をもらったんだよ！」

エミーにこの話をしなくちゃ。修士《しゅうし》論文《ろんぶん》に〈ゴールデンパレス〉のことを書くっていってたから。必ずそっちに行くともいってた。

オマにお礼をいわれてからというもの、ママはもっと感心してもらおうとがんばるようになった。ますますフードスタイリストのスキルを駆使《くし》しはじめて、料理を客席に運ぶ前に必ずリアクションを期待する。オマがうなずいたりほめたりすると、ママは目に見えて舞《ま》いあがった。ふたりの関係は雪解《ゆきど》けがはじまったけど、ペースはゆっくり。氷山《ひょうざん》みたいに、見えないところにまだまだいろいろある。

「メイジー、これをレディ・マクベスにもっていってくれる？」ママが麻婆豆腐《マーボーどうふ》、ゴーヤのスープ、ブロッコリーと牛肉炒めがのったトレーを指さす。ずっしり重たいけど、片手で運べる。

レディ・マクベスは自分の前におかれた料理をチラッと見おろしていった。「サヤインゲン炒めがないけど」

「ぜんぶいっぺんには運べないので。すぐにおもちします」

「そう、急いでちょうだい！」レディ・マクベスは武器《ぶき》みたいにお箸をこちらにむけた。ローガンがいってたけど、ニンジャはお箸を一本投げただけで人を殺せるらしい。「冷めた料理はきらいなの！」

わたしはあなたがきらい。そう思ったけど、もちろん口には出さない。

レディ・マクベスが長々と時間をかけて食事をしている横で、例の騒々《そうぞう》しい家族の子どもたちが麺を手づかみで投げあってる。母親はおとなしくさせようとしてるけど、父親はほったらかし。

わたしはタイプライターにあたらしいロール紙をいれた。「やさしくするよりいじわるするほうが労力がかかる」って打ったのは、レディ・マクベス用。それからさらに四つ。騒々しい家族のところにもっていくと、長女のジョディが読みあげて、弟たちをだまらせた。

お母さんは秘密《ひみつ》のスーパーヒーロー

賢《かしこ》い子は食べものを投げたりしない

最後に勝つのはいちばん静かな者

サンタクロースは一年じゅう観察《かんさつ》している

60

レディ・マクベスはもう三時間近く店にいる。場所代をとってもいいんじゃないかってくらい。「かまわないんじゃない」デイジーはリサイクルできるものをさがしてゴミ箱をあさっている。「おかげでお店がひまそうに見えないでしょ」そういって、プラ容器をひろいあげる。「ウミガメの赤ちゃんは百パーセント、その小さいお腹のなかにプラスティックが入ってるの。海に浮かんでるゴミを食べものとまちがえて食べちゃうから」

レディ・マクベスのフォーチュンクッキーは、まだそのまんまおいてある。ただし、やっと席を立った。料理を山ほど残したまま。いわれてないけど持ち帰れるように残った料理を包んだのに、レディ・マクベスはさっさと細いからだでテーブルのあいだをすりぬけてドアにむかってく。あーもう、ムカつくことばっかり。オパは病気だし、オマとママは悲しんでる。バドは誘拐《ゆうかい》されて、差別に満ちた脅迫状《きょうはくじょう》を残された。帰ってきたと思ったら、からだに侮辱《ぶじょく》の言葉を書かれた。

こんなにいろんなことが起きてるのに、この自己中心おばさんは食べものをむたにして、お金があることを見せびらかして、お茶が冷めてるとかなんとかもんくばっかり。使用済みの食器を洗いもの用のバケツに投げいれてたら、どんどん怒りがこみあげてきて、とうとうがまんできなくなった。レディ・マクベスにひと言いってやらなきゃ気がすまない。店を飛びだすときに、用意した持ち帰り用の袋をつかんだ。

メインストリートにはエリックと一番弟子がいた。わたしはコソコソせずに、そのまま歩きつづけた。釣り用ベストについてる黄色いペンキに気づいたらどう反応するかと思ってたけど、無表情だ。

レディ・マクベスはそこまで遠くに行ってないはず。最近は杖《つえ》をつかいはじめた。どうせ人をたたくためだろうけど。わたしは一歩ごとに、だんだん冷静になってきた。そのうち、対決するのはやめようって気になってきた。もうレディ・マクベスの家はすぐそこだけど、今日のところは持ち帰り用の袋を玄関前《げんかんまえ》においていて、ドアベルだけ鳴らしてすぐに逃げよう。

のびきった草のかげで、レディ・マクベスが玄関のドアをしめるのを見守る。ラストチャンスに来たばかりのときにこのおばけ屋敷《やしき》みたいな家を見てゾッとしたのも、いまなら納得《なっとく》がいく。わたしは玄関前の階段をそっとあがっていって袋をおいた。そのとき、音がした。人のささやき声？

重たい木の扉《とびら》がしまりきってない。わたしは顔をつっこんでみた。このむこうにどんなおそろしい光景が広がってるんだろうと身がまえる。

で、おどろいた。

てっきりこわれた家具やらクモの巣やらガイコツやらを目にするものと思ってた。でも……なんてうつくしいの。いけないとはわかってたけど、つい足を一歩、踏《ふ》みいれてしまった。うわぁ……思わず目を見はる。ラッキーがフィリップス邸をはじめて見たときもこんな感じだったのかな？　いろんな形の木のパネルがきっちりはめこまれた壁、頭上からさがっている大きなクリスタルのシャンデリア。まわりじゅうに虹《にじ》のような光がきらめいている。

ピアノの音がする。好奇心《こうきしん》がおさえきれなくてさらに奥《おく》に進んでいく。気づいたら、床《ゆか》から天井《てんじょう》まで本がぎっしりつまった部屋にいた。『美女と野獣《やじゅう》』のベルが野獣のお屋敷の図書室をはじめて見たときみたいに、感動で声も出ない。もしかして野獣があらわれたりして。

「だれ？　だれなの？　待ちなさい！」さけび声がした。

61

ぱっとふりかえると、音楽がとまっていた。レディ・マクベスが杖《つえ》をつかんで立っている。わっ、たたかれる！

「ごめんなさい！」わたしはこわがってるのがばれないようにいった。「ドアがあいていたから……？」

「あいていたら入っていいってことにはなりませんよ！」レディ・マクベスはゴツゴツした指で、ものがつみあがったいすをさした。「おすわりなさい」

わたしはおとなしくいわれたとおりにした。

「さあ」レディ・マクベスがむかいの赤いベルベットのソファにすわる。背筋《せすじ》がスッとのびた完《かん》璧《ぺき》な姿勢《しせい》。「話してごらんなさい、メイジー。いいたいことがあるんでしょう」

え、わたしの名前、知ってたんだ。

「借りてきたねこ？」レディ・マクベスのうすいくちびるに、うすら笑いが浮かぶ。

あ、なんかこわくないかも！　まあ、それほどは。

「残った料理《りょうり》をもってきたんです。いつも注文しすぎですよね！」言葉が口から出たとたん、なんてばかなことをいってるんだろうと感じた。人の家に勝手に侵入《しんにゅう》して、その理由が料理を注文しすぎだから？　わたしは弱々しくつけたした。「しかも、態度《たいど》悪いですよね？」

レディ・マクベスの顔がひきつる。うすら笑いがニコニコ笑いになって、そのうちゲラゲラ笑いだしてとまらなくなる。「あらまあ、メイジー」レディ・マクベスは、小さい子どもに話しかけてるみたいな声でいった。「どうしてあんなにたくさん注文しているか、わからないのね？」

「お金があるって自慢《じまん》したいから？」

レディ・マクベスが首を横にふる。

「選びきれないから？」試しにいってみる。

あたりを見まわしてみた。あちこちに写真や絵がある。小さいときのレディ・マクベス、社交《しゃこう》界《かい》にデビューしたレディ・マクベス、ハンサムな花婿《はなむこ》と結婚式《けっこんしき》の日のレディ・マクベス。

レディ・マクベスがわたしの視線《しせん》を追う。「夫のレナードよ」つぎに目に入ったのは、レナードと小さい男の子と三人でうつってるレディ・マクベス。「ひとり息子のエメット」レディ・マクベスがいう。

「いまはどこにいるんですか？」どうせ母親のいじわるに嫌気《いやけ》がさしてどこかに行っちゃったんでしょ。

「エメットは小さいときに亡《な》くなったの。猩紅熱《しょうこうねつ》でね。夫もその数か月後に亡くなったわ。おなじ病気になって……あと、ショックで憔悴《しょうすい》してしまってね」

えっ……言葉が出ない。

レディ・マクベスが話題をかえる。「料理のことだったわよね？　気づいてないかもしれないけれど、〈ゴールデンパレス〉は経営《けいえい》がきびしいのよ。お客が減《へ》るほど、わたしの注文は増える」

わたしがぽかんとしているので、レディ・マクベスがさらにいう。「レストランが営業をつづけられるようにサポートするためよ」

うるんだ青い目でわたしをじっと見つめる。

「だって……えっ……どうして……じゃあ」頭のなかも出てくる言葉も、チャプスイみたいにごちゃ混ぜ。

「だれにもいわないでちょうだい」レディ・マクベスが釘《くぎ》をさす。声はきびしいけど、顔にはいままで気づかなかったバラ色の赤みがさしている。「まあ、いったところで否定《ひてい》するでしょうけど。あなたのおばあさまもおじいさまも、決して助けを求めてきたりはしないでしょうから。人を助けることこそあってもね。相手が親族でも友だちでも、ふたりとも食事や仕事を提供《ていきょう》して助けてばかりいるわ」レディ・マクベスはかがみこんできて小声でつけたした。「デイジーみたいな子をね」

「デイジー？」びっくり。この流れでデイジーの名前が出てくるとは。

レディ・マクベスはパールのネックレスの位置を直した。「あの子ははじめてラストチャンスに来たとき、知り合いがひとりもいなかった。あなたのおばあさまが、銀行と図書館の仕事を紹《しょう》介《かい》したの。けれどもあの建物が洪水《こうずい》で休業することになって、デイジーは〈ゴールデンパレス〉ではたらくようになった。だれが見ても人を増やす必要も余裕《よゆう》もないのは明らかなのに」

ああ、そうだったんだ。レディ・マクベスは敵じゃなかったし、デイジーはペーパーサンみたいに助けを必要としてた。

レディ・マクベスが店のまんなかにすわっていたのは、みんなに見られたいからじゃなかった。

みんなを見るためだったんだ。店を出たら、このだれもいない大きなお屋敷《やしき》にひとりで帰らなきゃいけないから。

オパがお母さんにいわれたっていう言葉を思い出す。「ものごとは必ずしも見かけどおりとはかぎらない。それは、人間にも当てはまるの」

わたしはずっと、レディ・マクベスのことを誤解《ごかい》してた。ほかにも誤解してる人がいるような気がする。

62

オパは最近ずっともの静かだ。テレビのリモコンを操作《そうさ》するだけでもひと苦労みたい。いまは、ボリュームをあげようとしてボタンを押したら、いきなりベッドが動きだした。ママが注文した病院のベッドがバタン！　と半分に折りたたまれそうな動きを見せはじめる。

「助けてくれ！」

わたしは緊急停止《きんきゅうていし》ボタンに飛びついた。ベッドがもとどおりになると、テレビのボリュームをあげた。オパは、カルロス！がケープコッドでシーフードビュッフェをたんのうしているのを見て楽しんでいる。

ドアをノックする音がした。ミミズとりにいく途中で、ローガンが『ミネソタ・ドンチャ・ノウ』の八月号を届けにきてくれた。バドに関するウィットロック町長の記事がのってる。

「オパ、届いたよ！」わたしは雑誌《ざっし》をかかげてみせた。

偏見《へんけん》とクマ　オピニオン　ジェファーソン・Ｐ・ウィットロック

クマのバドは、ミネソタ州ラストチャンスという人口四千四百二十八人の小さな町の象徴《しょうちょう》です。身長二メートル以上のこの手彫《てぼ》りの木製《もくせい》の像《ぞう》がこの町に登場したのは、百年以上前に中国人移民《いみん》のラッキー・チェンが、現在では〈ゴールデンパレス〉として知られる〈ゴールデングリル〉の経営《けいえい》を引きついだときでした。このチェン家のチャイニーズレストランを訪《おとず》れる何世代もの人々を、クマのバドはむかえつづけてきました。長年にわたって、店の客たちはこの有名なクマと写真をとってきました。

ところが、だれもがバドのファンというわけではありません。先月のある夜、この像が姿を消し、そのかわりに残されていたのは人種差別的《じんしゅさべってき》な脅迫状《きょうはくじょう》でした（『ミネソタ・ドンチャ・ノウ』はファミリー向けの雑誌なので内容は掲載《けいさい》しません）。そこに手書きされていたメッセージは、明らかにこの地域《ちいき》で唯一《ゆいいつ》の中国人一家であるチェン家を狙ったものでした。典型的《てんけいてき》な嘲笑《ちょうしょう》の言葉に加えて、人種差別をほのめかし、バドを返してほしければといって千円（円は日本の通貨《つうか》）を要求し、しめくくりには「中国に帰れ！」の言葉があったのです。

バドの所有者であり〈ゴールデンパレス〉の経営者であるチェン夫妻のかわりに取材を受けてくれたのは、ロサンゼルスからラストチャンスを訪れている十一歳の孫娘《まごむすめ》、メイジー・チェンです。「バドを誘拐《ゆうかい》しただけでもひどいのに、明らかに悪意のあるメモが残されていました。人種差別的で憎《にく》しみに満ちた言葉でした」とメイジーは語っています。

メモには署名《しょめい》はなく、何週間もバドは行方不明のままでした。保安官事務所《ほあんかんじむしょ》はバドの失踪《しっそう》と脅迫状を、「ただの子どものいたずら」としました。

ラストチャンス小学校のグレン・ホームズ校長は語っています。「長いことわたしは、この地域がどんな人をも歓迎《かんげい》する場所であるよう望んでいました。ところが残念ながら、自分たちとは異なる人をあざけるのが好きな人たちもいるようです」

町民のひとり、ドーリー・ハーリー氏は「だれよりも偏見がないわたしの意見をいわせてもらうと、あのクマがいないのはさみしいが、みんな騒《さわ》ぎすぎではないだろうか。言論の自由は憲法《けんぽう》で保証《ほしょう》されている」と述べています。一方で酪農家《らくのうか》のメアリー・ピーターソン氏は、「このようなことが許《ゆる》されていいはずがない」という意見です。

バドは結局《けっきょく》、八歳のフィニガン（フィン）・オルソンによって森の奥深《おくふか》くで発見されました。町民の協力で〈ゴールデンパレス〉につれもどされ、いまもそこに立っています。誘拐犯は未だ特定されていませんが、最近になってまた、差別的なことが起きました。今回は、落書きという形で。クマのバドのからだに、侮辱的な言葉が書かれていたのです。

寛容《かんよう》とは、または寛容の欠如《けつじょ》とは、というテーマについて、多くの報道がなされています。ラストチャンスは友好的な町です。そのラストチャンスにさえ、偏見がひそんでいます。メイジーの言葉を借りれば、「過去の偏見なんかいいかげん捨てるときじゃないでしょうか？」

現在は、みんなに愛されるバドは〈ゴールデンパレス〉の前に立っています。憎悪《ぞうお》に満ちた言葉も消えています。しかし、犯人はまだどこかにいます。願わくば、ラストチャンスが前に進み、だれもが手をとりあって生きられることを世界に示せますように。

63

ウィットロック町長の記事は、いろいろ的を射《い》てる。こんな小さい町で偏見がなくならないなら、国全体が仲よくできないのもむりはない。

「子どものときってたいへんだった？」ママにたずねてみた。ふたりでベッドの上で洗濯《せんたく》ものをたたんでいるところだ。わたしの担当はオパのハンカチ。

「まあ、そういうこともあったわね」ママは靴下《くつした》の片方をさがしている。「どうしてそんなことくの？」

「オマが、ママもいろいろ苦労したんじゃないかっていってたから」

ママが手をとめる。「気づいてたとは思わなかった」

「えっ？　うそでしょ？　オマが気づかないことなんてひとつもないよ！」

ママが笑う。「たしかにそうかも。わたしはいつも刺激《しげき》を求めてた。自分を再発見できる場所で、溶《と》けこめる場所で暮らしたかった。この町では、どこへ行ってもチャイニーズレストランの店主の娘。そんなふうにしか認《みと》められてないのがいやだった」

「どんなふうに認められたかったの？」

ママがちょっと考える。「自分自身として、かな。自分で道を切りひらきたかった。求められていることをするだけじゃなくてね」

「オマとオパは、ママがそう考えてることについてなんかいってた？」ママとはいろんなことを話してきたけど、子どものころのことをたずねようとは一度も思わなかった。

「なんにも。ふたりとも、ひと言もなかったわね。あ、そうそう、たまにオパが自分のおじいちゃんもどれだけたいへんな思いをしたかって話をしだすことがあったけど、わたしにしてみたら大昔《おおむかし》の話だから。オマの頭の中には〈ゴールデンパレス〉のことしかなかったし」

そんなことない。ママ、ちがうんだよ。

「あのね、オマが前にいってたんだけど、もともと数学の先生になりたいって思ってたんだって」オパのハンカチはいま、きちんとたたまれて積《つ》みかさなってる。

ママがシャツをたたむ手をとめる。「オマがそういってたの？」

「ママもオマと話してみなよ。きっと、おたがい知らないことがたくさんあるんじゃないかな」

64

〈ゴールデンパレス〉でウィットロック町長はすっかりヒーローになっていた。みんな、町長が書いた記事をほめちぎっている。レディ・マクベスまで。オマは、ランチは店のおごりだといったし、デイジーは自分の『ミネソタ・ドンチャ・ノウ』にサインをしてほしいとたのんだ。町長は調子にのって、わたしにもサインがほしいかってきいてきた。

わたしもちょっとしたセレブになっていた。ローガンはわたしのインタビューに感動しちゃってたし、ママもオマもオパもその話ばっかりしてる。ホームズ校長は、「過去の偏見なんかいいかげん捨てるときじゃないでしょうか？」っていう発言は秀逸《しゅういつ》だ、ってほめてくれた。

ただ、ひとつだけ気になることがある。

まだだれにもいってないけど。

「メイジー・チェン！」ウィットロック町長がオーケストラの指揮者《しきしゃ》みたいにお箸《はし》をふる。「どうだ？　感想は？」

「すばらしい記事だと思います」

「編集者《へんしゅうしゃ》もそういっていた。オンラインの閲覧数《えつらんすう》も記録的にのびているから、今月いっぱい特集が組まれることになったんだ！」

町長がごきげんだから、台なしにしたくない。だけど、どうしても気になることがあった。わたしはコホンと咳払《せきばら》いをしてから口をひらいた。

「過去の偏見がどうのこうのなんて、わたし、いってませんけど」

「厳密《げんみつ》にいえばそうかもしれないな」町長はメニューを凝視《ぎょうし》してる。「だが、きみがいっていたことを要約《ようやく》したらそうなった。もちろん、インタビューの精神にのっとってね」

わたしが返事をしないと、町長はメニューをおいた。「メイジー、たしかにきみがいっていたんだよ。具体的な言葉はちがうかもしれんが、意訳《いやく》するとおなじだ。力強いメッセージだった。記事の核《かく》となる言葉ともいえる。きみの口から出た言葉だと思わせておけばいいじゃないか」

わたしはうなずいた。

おもしろくはないけど。

65

毎日がスローペースですぎていく。ウェルナーさんが帰ろうとして立ちあがった。なんか、顔がつかれてる。今日はオパがほとんどしゃべらなかったから、ウェルナーさんはずっとカルロス！とベイクドポテトのトッピングについてしゃべってた。

ウェルナーさんを見送ったついでに郵便《ゆうびん》受《う》けをのぞく。請求書《せいきゅうしょ》、請求書、請求書。オマのいう、「いまいましい請求書め！」

あっ！　最後の封筒《ふうとう》はカルロス！からだ！　ピリピリやぶいてあけると、白くてかたい便せんが入っていて……これ、定型文《ていけいぶん》だ。

レストランのオーナー様

このたびはカルロス！に情報をお寄せいただき、ありがとうございます。お知らせくださった〈ゴールデンパレス〉につきまして確認をいたしました。たしかにユニークですばらしいレストランですが、来年までスケジュールが埋《う》まっております。

引きつづきカルロス！をご覧《らん》いただき、ご支援いただけますことを願っております！

敬具

カルロス！　エンタープライズ

ボビー・キャノン

だめだったんだ……がっかり。便せんをクシャクシャってやろうとしたとき、裏《うら》になにか書かれてるのに気づいた。

親愛なるメイジー!
おばあさまとおじいさまのレストランについて手紙をくれて、とてもうれしかったよ!すばらしい歴史《れきし》がある店のようだね。きっと料理もおいしいんだろう。おじいさまに、はやく回復されるよう応援していますと伝えてくれないかな。そちらのエリアに行くことがあれば、必ず〈ゴールデンパレス〉に行くと約束するよ!
愛をこめて
カルロス!

家にかけこんだ。オパは病院のベッドで昼寝をしてる。ママはもう病院に連れていくのをやめた。このごろはお医者さんに来てもらってる。
オパは寝かせておこう。〝激《げき》ウマの一品〟週間だから、カルロス!の再放送が二十四時間流れっぱなしだ。オパとわたしのお気に入りエピソードは、カルロス!がノースカロライナ州スプルースパインの〈ダイニングダーク〉を訪れる回だ。その店のコンセプトは、「照明《しょうめい》を消して手で食事をすることで食体験を高めよう!」だ。

はじめてこのエピソードを観《み》たあと、わたしたちも暗闇《くらやみ》のなかでの食事にチャレンジした。オパはなんの料理かも材料がなにかもわかったし、オマとデイジーのどっちがつくったのかもちゃんと区別できた。

一時間後、オパがもぞもぞしはじめた。

「オパ？　オパ、起きた？」

オパが目をぱちくりさせる。「シャーロット？　学校はどうしたんだ？」

「わたしだってば。メイジーだよ。カルロス！が、はやくよくなってくださいだって！」

オパがあたりをきょろきょろする。「カルロス！がいるのか？」

わたしはベッドの角度を調整《ちようせい》した。「ちがうけど、手紙をくれたの」わたしはオパに手紙を見せた。

音読してからオパに手わたす。

オパが目をかがやかせた。

ああ、オパ、大好き！　言葉ではいえないくらい愛してる。ここにいるのに、もう恋しい。恋しくて泣きそう。

「ああ、メイジー！」オパは両手でわたしの手を包《つつ》んでふるえをとめる。「病気のおいぼれなんかに涙《なみだ》をむだにするもんじゃないよ」

もう、オパっていつもこうなんだから。わたしは手を引っこめた。「どうしてそんなことばっかいうの？　ぜんぜんおもしろくない。オパ、むしろいじわるだよ」

オパは袖口《そでぐち》からあたらしいハンカチをすっと出すと、こちらによこした。「そのためにいってるんだろうが」オパはやせ細った肩をふるわせながらくすくす笑ってる。パジャマがぶかぶかだ。

「いじわるするためにいってるの？」

意味不明。カルロス！から手紙が来た興奮《こうふん》で混乱《こんらん》してるのかも。きっとそうだ。

長いこと見せなかったいたずらっ子みたいな表情がオパの顔にもどってきてる。「おまえのオマとママが悲しそうだと、こっちまで落ちこんでしまう。わたしにばれてないと思ってるかもしれんが、ちゃんとわかってる。あのふたりを見てると、まるで自分の葬式《そうしき》に出てるみたいだ。それなのにもうすぐ死ぬっていうと怒《おこ》るんだからな」

はあ？　どういう論理《ろんり》？

あっ！　オパはポーカーみたいにオマとママをもてあそんでるのかな。「悲しませるより怒らせるほうがいいと思ってるんでしょ。わざと怒らせてるんだ！」

「さすがは賢《かしこ》いな、メイジー」

オパが、枕《まくら》の位置を直してほしいと身ぶりで示してくる。オパがまたカルロス！に注意をむけると、涙が出てきそうになって必死でがまんする。怒るのも悲しむのもいやだけど、いまはその両方。

オパとわたしは、先の話はしない。ゲラゲラ笑ったりニコニコしたりして、相手を元気づけようとしてる。わたしがペーパーサンについて調べてるって知ったらおどろくだろうな。いまのところ、エミーの投稿《とうこう》に十人くらいの人からの反応があった。ほとんどの人たちがラッキーと〈ゴールデンパレス〉についてもっと知りたいってだけだけど、ニュージャージーのリン・フォン以外にも、ペーパーサンの子孫の可能性がある人からも連絡が来てる。

オパは手紙のことで興奮して昼寝どころじゃない。「ラッキーの話のつづき、してくれない？ カルロス！もきっとラッキーに会いたかっただろうね」

サンフランシスコ地震《じしん》　一九〇六年

だれひとり予期していないときに、いきなり地面がゆれはじめた。グラグラが轟音《ごうおん》となり、人々はベッドから投げだされた。

数千人が亡くなった。サンフランシスコの大部分が破壊《はかい》され、市民の半数以上が家を失った。新聞の見出しには、「地震と火災　サンフランシスコが廃墟《はいきょ》と化す」という文字がおどっていた。

三千キロ以上もはなれていたけれど、ラッキーとルルはサンフランシスコにいる友人たちのことが心配でたまらなかった。ただひとつ、逆境のなかにあっての希望の光は、サンフランシスコに保管されていた出生《しゅっせい》記録がすべて破壊されたことだ。そのおかげで、ペーパーサンたちがアメリカで暮《く》らす道がひらかれた。もはやアメリカで生まれたのか移民してきたのかを確認する手段は残っていない。

そのころには、多くの中国人がアメリカのまんなかにあるレストランの話を知っていた。安全と友情と家庭料理のオアシスだと。ラッキーとルルの息子のフィリップは、「おじさん」やら「いとこ」やらが出たり入ったりするなかで育ち、事務所の壁《かべ》の写真はますます増えていった。

フィリップは高校を優秀《ゆうしゅう》な成績で卒業し、一九二一年にサンフランシスコのセントイグナティウス・カレッジに奨学金《しょうがくきん》で入学した。ある晴れた午後、フィリップは両親とバドに別れをつげて、列車《れっしゃ》に乗った。

けれどもほんの数か月でフィリップはホームシックになった。大都会は性に合わない。

ラッキーとルルは息子が帰ってきたのはうれしかったものの、花嫁《はなよめ》を連れてかえってこなかったのにがっかりした。ラストチャンスにいたら、結婚《けっこん》相手は見つからない。中国人がちがう人種《じんしゅ》と結婚することを法律《ほうりつ》で禁止している州は多い。ミネソタでは違法《いほう》ではないけれど、娘が中国人男性と結婚するのを許す白人家庭などどこにもないだろう。アメリカ市民であってもだ。とうとうルルはサンフランシスコにいる友人に手紙を書いて、見合い相手をさがしてもらった。当時、見合い結婚はめずらしくなかった。

最初こそ恥《は》ずかしがっていたものの、フィリップとあたらしい妻《つま》のアナはすぐに愛し合うようになった。アナははつらつとした元気な女性で、大都会からきたのにラストチャンスをすっかり気に入っていた。若いふたりは〈ゴールデンパレス〉に自分たちらしい装飾《そうしょく》をして、たとえば〝カラフルな紙のランタンをかざったりした。そのうち、息子が生まれた。結婚式をとりおこなった牧師《ぼくし》にちなんでジョン・ロバートと名づけたけれど、だれもがジョニーと呼んだ。

66

「ジョニー？　それってオパ？　そうだよね？　オパがジョニーなんだ！」

いままでラッキーの話は、物語でしかなかった。だけどいまじゃ、どんどん現実になってきてる。バドもいるるし、ルルの花嫁《はなよめ》姿《すがた》の写真もシルバーのフレームのなかにある。
サンフランシスコ地震を調べてみた。一九〇六年の新聞の見出しは、

死者三千人　損害額三億ドル
サンフランシスコが壊滅《かいめつ》状態《じょうたい》

ラッキーもこの記事を見たのかな？　すごくたくさんのものが破壊された。だけどオパがいってたように、逆境《ぎゃっきょう》のなかに希望の光があった。エミーにそのことについてメールすると、返信が来た。

地震のおかげで、より多くの中国人がアメリカに移民してくる道がひらかれたのはたしかよ。ただそれでも、そうかんたんなことではなかったの。ヨーロッパ移民なら、手続きは数時間ですむ。それなのに中国人の場合は、サンフランシスコのエンジェル島やニューヨークのエリス島の移民局を経由《けいゆ》して、手続きが数週間や数か月、場合によっては二年くらいかかることもあった。移民局の収容所《しゅうようじょ》で長いこと勾留《こうりゅう》され尋問《じんもん》を受けた末に、やっと解放される。だけど入国を拒否《きょひ》されて中国に送りかえされることもあったのよ。

ライリーが、おばあちゃんとおじいちゃんといっしょに店に食事に来ている。ローガンにきいたけど、いっしょに暮らしてるそうだ。ライリーがわたしのことを「友だちのメイジー」って紹《しょう》介《かい》してくれたとき、運んでいたトレーに羽がはえたみたいに感じた。

食事のあと、ライリーにわきに引っぱられていわれた。「だからなにってわけじゃないかもしれないけど、キャロラインからきいたんだ。バドが誘拐された夜、兄きのエリックの帰りがすごく遅かったらしいの。仲間といっしょによくお酒をのんで、酔っ払うとしようもないことばっかりしてるみたい。で、つぎの日の朝、森でクマを見たってじょうだんをいってたんだって」

この情報は、有力なカードが配られたようなもの。バドが帰ってきたのに安心して、犯人さがしの手をゆるめてた。だけど、状《じょう》況《きょう》がかわってきた。

ライリーたちのテーブルを片づけていると、ホームズ校長が来た。今日のTシャツのロゴは、“There Their They're”（そこ・それらの・それらは）。

「ちょっといいですか？」わたしはいきなり切りだした。ふしぎそうな顔の校長の前にわたしはさっさとすわった。急がないと、ママが出てきちゃう。「ママとのデートを許可します」ってっきり特大の「ありがとう！」が返ってくるかと思ってた。ところが校長はあごをさすりながら、カップに浮かんでるお茶っ葉を見つめているだけ。

ん？　なんかへんなことといっちゃったかな？

「メイジー、きみのお母さんとわたしは、一生友だちでいようと誓《ちか》いあった。シャーロットのことは大好きだ。だが、そういう意味ではない。わたしの心はほかの人にあるから」

「へっ？　いまなんて？」わたしは声をひそめた。

ママとホームズ校長は、いっしょにいるといつも幸せそうだ。プロムにもいっしょに行った。秘密も共有してる。手だってつないでた！

レディ・マクベスがこっちをじっと見てる。

なんで？　なんでわたし、こんなとんでもない思いちがいしちゃったの？　あまりの衝撃《しょうげき》だし、しかも恥ずかしいにもほどがある。ホームズ校長って、ずっとママをだましてたの？

「ママはその人のこと知ってるの？」

「クリスだよ」校長がいって、うなずく。「知っている。応援してくれているよ」

「で、クリスって校長のカノジョ？」声に力が入らない。

「いや……カノジョではない」

「もしかして奥さん？」

校長が首をふる。「クリスはわたしの夫だよ。結婚したばかりなんだ！　ラストチャンスに引っ越してきてほしいと説得《せっとく》しているところだが、いまのところはクリスの職場《しょくば》があるミネアポリスにいることが多い」

レディ・マクベスが目の前のナスに視線《しせん》をもどす。紫色《むらさきいろ》が服とマッチしてる。

「なんで指輪《ゆびわ》をしていないんですか？」

「まだピンとくるものが見つかっていないというのもあるが、みんながみんな、わたしたちの結婚を祝福《しゅくふく》してくれているわけじゃないというのもあるかな」

「そんな偏見の持ち主たちに気をつかう意味がわかりません」わたしはいいながら、校長のカップにお茶をつぎたした。

となりのテーブルから、同感！　という声がきこえる。チラッと見ると、レディ・マクベスがナプキンで口をぬぐっていた。

校長がゆっくりとうなずいた。「メイジー、たしかにきみのいうとおりだ。クリスもずっとそういってるよ」

校長の注文をとったあと、レディ・マクベスに手招《てまね》きされた。「お勘定《かんじょう》はわたしにつけておいてちょうだい。ウエディングプレゼントよ」

わたしは厨房《ちゅうぼう》にむかった。オマが、デイジーのチップを入れるびんのまわりをうろついてるのが目に入る。十ドルをポケットから出してびんのなかにつっこんだ。レディ・マクベスとオマって、共通点がたくさんある。ふたりとも、人が思ってるよりずっとやさしい。

ホームズ校長が食事をおえると、わたしはお勘定のかわりに〈ゴールデンパレス〉の持ち帰り用ボックスを手わたした。生《なま》のお米をしきつめた上に、フォーチュンクッキーがいくつか。占《うらな》いの紙に書いてあるのは、

クリス&グレン　結婚おめでとう

いつまでもお幸せに……

ぜひ指輪を！

68

雑誌の記事のおかげで、あたらしいお客が来るようになった。ほとんどがちがう町から来た人だ。わざわざ自分は人種差別主義者じゃないってことを伝えようとして、「残念な事件が起きたものですね」とか「あなた方は勇敢《ゆうかん》です」とかいってくる。なかには、「かわいいわね。お人形さんみたい」なんていってくる女の人もいた。

みんな、バドと並んで写真をとっていく。

ウィットロック町長は新聞を読んでいて、わたしがテーブルの横に立っても顔もあげない。

「バドを誘拐していたずら書きをしたのがだれか、わかったんです」そういうと、町長がガバッと顔をあげた。「エリック・フィスクとその仲間たちです」

町長は意外そうな顔をした。「証拠《しょうこ》はあるのか？」

「エリックはバドが行方不明になった日、深夜までお酒をのんでました。バドが見つかったとき、近くにウィスキーのあきびんが落ちてたんです。いたずら書きをされた夜も、エリックは仲間とウィスキーをのんでました」

町長がうなずく。「たしかに関係はありそうだ。だが、あくまでも状況証拠にすぎない」

「状況証拠？」

「つまり、エリックたちがやったとは百パーセントいいきれないということだ」町長が真顔《まがお》になる。「調べてみよう。だが、確証《かくしょう》がもてるまでは、だれにもいわないでくれ」

ちょっとホッとした。これで正義の判決《はんけつ》がくだるはず。


家に帰ると、カルロス！はピザ屋にいた。ポーンとほうった生地《きじ》が頭の上に落っこちてくるのを見て、思わず吹きだした。オパの笑い声がしないからあれっと思って見ると、ぼけっとしている。最近オパは、心がさまよってることが多い。ラッキーの話のつづきをたのんでみようかな。話をしてるときのオパは、すごく細かいことまで思い出す。

「ん？　なんだ？」オパがいう。

「ラッキーの話、きかせて。つづきがききたい」

オパは目をとじた。つかれててむり？　だけど目をあけたオパは、やる気満々の顔をしていた。

「お気に入りの孫娘のたのみとあればしょうがないな。じゃ、はじめるとするか」

百年間　一九四一年

とうとうフィリップとアナが店をついだ。それでもラッキーとルルは毎日店に顔を出して、バドの前足をこすって幸運を祈り、厨房の近くのテーブルでお客と話をした。店のなかを走りまわっているまだ小さいジョニーのめんどうをみるのも楽しかった。

店は繁盛していた。かの有名な作家のF・スコット・フィッツジェラルドさえ、故郷《こきょう》のセントポールを訪れる途中で〈ゴールデンパレス〉に立ちよって料理を絶賛《ぜっさん》した。

ところが、いいときは長くはつづかなかった。

世界じゅうに衝撃《しょうげき》を与えることが起きた。新聞の見出しに大々的におどっていた文字は、「戦争勃発《ぼっぱつ》！　日本の戦闘機《せんとうき》による真珠湾攻撃《しんじゅわんこうげき》」

いきなり、ラッキーたち一家は敵と見なされるようになった。日本人ではなくても、多くの人の目にはそううつった。

ジョニーはドイツ移民のワーナー・ウェルナーをのぞくクラスメートのほとんどから、日本のスパイじゃないかと非難《ひなん》された。

ルルは、孫の上着に「わたしは中国系アメリカ人です」と書いた端切《はぎ》れをピンでとめさせた。そうすれば攻撃の対象にされる心配が減るからだ。ラッキーは、〈ゴールデンパレス〉の外に「わたしたちはアメリカ人です」と書いた大きな看板《かんばん》をかかげた。

看板の文字を消されて「故郷に帰れ！」と書かれたとき、ジョニーはわけがわからなかった。

「だって、ぼくたち故郷にいるんじゃないの？」

客足はめっきり遠のいた。いままで偏見をかくしていた人たちが大っぴらに本心を出すようになった。アメリカへの忠誠心を示すため、フィリップは従軍することにした。ラッキーも行けるものなら行きたかったけれど、アメリカ軍は八十八歳の老人を入隊させなかった。

第二次世界大戦がおわるころには、国じゅうが疲弊《ひへい》していた。まだアジア系の人間に対する敵意が色濃《いろこ》く残っていた。

そんなときでも、〈ゴールデンパレス〉はラストチャンスでの役割を果たしつづけた。ある日のランチ営業後、ルルはめまいを覚え、いすに手をかけてからだを支えようとした。ラッキーがいそいでかけよったけど、ルルはたおれて頭を打った。

数分後、フィリップは年老いた両親を車にのせて病院へといそいでいた。「あなたたちのような人種をみるわけにはいきません」病院に着くとそういわれた。

「中国人だからこんな目にあうのか」フィリップが怒《いか》りをあらわにする。「アメリカの退役軍人なのに！」

「いまはがまんしろ」ラッキーが後部座席《こうぶざせき》からいう。ルルをそっと腕にかかえていた。「運転をつづけてくれ」

一時間かかってつぎの病院に着いた。看護師《かんごし》はルルをひと目見るなり、大いそぎで手術室《しゅじゅつしつ》に運んだ。緊急医療《きんきゅういりょう》チームが呼ばれたけれど、そのころには手遅れだった。

ラッキーにとって、ルルがいない〈ゴールデンパレス〉はもはや前とはちがう店だった。数年後、ラッキーは百歳の誕生日《たんじょうび》をむかえた。パーティがひらかれ、ラストチャンスの町長に記念の金色の鍵《かぎ》を授与された。家族も友人も支援者《しえんしゃ》たちもさけんだ。「スピーチ！　スピーチ！」

ラッキーは長いことだまっていた。あんまり長いので、みんなはもう記憶《きおく》があいまいになっているのかと思った。ところが、じつは正反対だった。ラッキーは、中国での貧《まず》しい少年時代のこと、知らない土地にやってきたときのことを思い出していた。親友のリー・ウェイのことも、サンフランシスコをはなれる原因をつくった男たちのことも。フィリップス夫妻のなつかしい顔も浮かんだ。店をゆずってくれたハッピーのことも、ラストチャンスにたどりついたペーパーサンたちのことも。だけどなによりも思い出されるのは、ルルと〈ゴールデンパレス〉と家族だった。

とうとうラッキーは口をひらいた。「わたしはたしかに中国で生まれましたが、わたしの人生も、わたしの愛も、わたしの家も、ここラストチャンスにあります。わたしといっしょにこの旅《たび》路《じ》をつづけてくれた人たちみんなに感謝《かんしゃ》します。あなたたちのおかげで、わたしの心は満たされています」

その二日後、一九五三年の八月二七日に、ラッキー・チェンはその生涯《しょうがい》をとじた。

69

感動。

「オパ、ラッキーの話がおわっちゃってさみしい」

オパの声はふるえていた。「おわった？　だれがおわりといった？　ラッキーがアメリカに来て〈ゴールデンパレス〉をつくったのは、ただのはじまりにすぎんよ。おまえのひいひいおじいちゃんは、ラストチャンスを深く知るようになり、愛するようになった。そんなことができる人はほとんどいない。ラッキーは、この町をどこかのど田舎《いなか》のほこりっぽい小さな町とは思わなかった。この町に、未来と希望を見たんだ」

「事務所にある『わたしは中国系アメリカ人です』っていう端切れだけど、あれってオパが上着につけてたやつ？」

「そのとおりだ！　第二次世界大戦がおわった日、わたしはすぐにでも〈ゴールデンパレス〉がまたお客でいっぱいになって、からかわれることもなくなると思っていた」そこでオパはいったん口をつぐんだ。「だが、それはまちがっていた」

もっと話がききたいけど、オパはつかれてるように見える。

「メイジー、店にあるタイプライターを今度もってかえってきてくれ」オパがいう。「打ってもらいたい言葉があるんだ」

なにってたずねようとしたときにはもう、オパは眠っていた。

ウェルナーさんが、踊《おど》るブタのスノードームをもってやって来た。オパの近くにおいて、目をさまさないようにささやく。「娘のケイトリンに子どもができたんだ！」

こんなに幸せそうなウェルナーさんの顔、何週間ぶりだろう。

事務所でフォーチュンクッキーの紙を入れかえてると、ママとオマの声がきこえてきた。

「あの人がいなくなったらどうやって生きていけばいいの」オマがいう。

ママはラディッシュのバラをつくっている。「ああ、母さん」そういって、つくったバラをわたした。「母さんには〈ゴールデンパレス〉があるじゃないの」

「この店はあの人の夢だったんだよ。わたしじゃなくてね」オマがそっという。

「母さんの夢はなんだったの？　教えて」

オマがママのシャツにくっついていたコリアンダーの葉っぱをはらう。「わたしの夢はちゃんとかなった。おまえのお父さんといっしょにすごして、娘をもつことだよ」オマがいったん口をつぐむ。「シャーロット、おまえがラストチャンスを出ていったとき、わたしはおまえがわたしとオパからはなれたいんだと思った。だけど、そうじゃなかったんだね？　いまならわかる。おまえは自分の夢を追いかけようとしてたんだって。わたしの夢を押しつけられるんじゃなくてね。オパはおまえに〈ゴールデンパレス〉をついでほしがっていた。だけどわたしは心のなかで、そうならないことを願っていたんだよ」

ママがびっくりする。「えっ？　母さんもわたしに店をついでほしがってると思ってた。それで怒ってるんだとばかり……」

オマが果物《くだもの》ナイフを手にとって、ママのまねをしてラディッシュのバラをつくりはじめる。

「シャーロット、おまえは人生で自由をたくさん手にいれた。わたしが決して望めなかった自由をね。こわいもの知らずで、大都会に出ていった。仕事で成功して、家を買って、かわいい娘をひとりで育てて……」

「母さんと父さんは、この町で、〈ゴールデンパレス〉ですばらしい人生をすごしたじゃない。自慢《じまん》の両親よ。誇《ほこ》りに思ってる……わたしなりにね」

オマがだまってその場をはなれると、ママは傷ついたような顔をした。

オマがなにかをキャビネットから出そうとしてるので、わたしはわきにずれた。『フードスタイリスト・マガジン』ママが表紙にのってる号だ。

「時間がかかったけど、やっとわかった」オマが雑誌を見せる。「何年も前から定期購読《ていきこうどく》してるんだよ。毎号、おまえがのってないかってさがしてた。シャーロット、おまえは自慢の娘だよ」

沈黙をやぶったのは、ママの泣き声だった。

ホームズ校長がバドのこわれた手を直したとき、「前より強くなった」といっていた。

きっと、ママとオマもそんなふうになるよね。

70

オパはいつものオパじゃない。まだ水曜日なのにお医者さんが今週はもう二回も来てる。オマは家から一歩も出ない。ママは何度も、どういうことになってるのかわたしに説明をしようかっていってくる。それっていまさらだ。ずっと気になってたことだけど、いまはもう知りたくない。明るい顔をしてるのはオパだけだけど、たぶんむりをしてる。

オパにペーパーサンの調査をしてると話したら、すごくよろこんでた。エディ・フォンのことやほかの人たちのことも教えてくれる。なかにはNASAではたらきはじめた人や、新種《しんしゅ》のトマトを開発した人もいるらしい。

「いまごろはもういろいろわかってると思ってたのに、こんなに時間がかかるなんて」

オパはもっと近くにおいでと手招きする。いってることをききとるには、そうとう注意して耳をかたむけなきゃいけない。「そりゃあ時間はかかるさ……世代をまたいでるんだから……いろんな話を集めて……ラッキーとペーパーサンたちのあいだの共通点はなにか、見失わないように」

わたしはうなずいた。「〈ゴールデンパレス〉とラストチャンス、だね」

オパがつっかえつっかえ話す。「おまえだよ、メイジー。つないでるのはメイジーだ。みんなに共通しているのは、おまえだよ」

どういうことかきこうとしたときにはもう、オパは眠っちゃってた。

71

はじめて〈ゴールデンパレス〉に車で来た日のことを思い出す。あれからいろんな人に会った。レディ・マクベスとかローガンとかデイジーとか。そして、バドが誘拐《ゆうかい》されて、ウィットロック町長の記事が出た。思い出せば思い出すほど、どうも違和感《いわかん》があるのがはっきりしてくる。つじつまが合ってない。そうだ。やっぱりこれって、ポーカーだったら反則《はんそく》だ。

ローガンの前には空っぽのカップが三つ。ローガンが四杯目のソーダフロートをたのもうとする。

「今日はもうのみすぎよ」エヴァがいう。前にもおなじようなことがあったらしい。ローガンが糖分《とうぶん》をとりすぎるとどうなるかはわかってる。

「そうだけど、ワームを売ったお金がいっぱい入ったんだよ。今日はいっぱいかせいだ」ローガンがふくらんだポケットをたたく。

「だからって関係ないわ。前回のこと、おぼえてるでしょ」

わたしはローガンをさがして走りまわったので汗だくだ。エヴァが冷たいレモネードを出してくれる。エヴァがむこうに行くのを待って、わたしはいった。「ねえローガン、バドのいたずら書きだけど……犯人がわかったよ！」

「え、だれ？」

呼吸を整えようとする。頭のなかがぐるぐるだ。

「ウイットロック町長がいってたんだけど、『ミネソタ・ドンチャ・ノウ』の記事は最低でも月がはじまる二週間前に提出《ていしゅつ》しなきゃいけないんだって」ローガンが、もっとはやく話せと合図する。「町長の記事には、バドにいたずら書きされてたひどい言葉のことが書いてあったんだけど、それって記事を提出したあとに起きたことなんだよね」

「えっ。ええっ？」ローガンが目を見ひらく。

「町長がバドの誘拐に関わってたかどうかはわかんないよ。でも、バドにいたずら書きをする人がいるなんて前もってわかるわけないよね？」

ローガンは、わたしがなにをいいたいか理解した。「町長のしわざってことか！　だけど、なんでそんなことするんだろう？」

ポーカーでは、目の前に出てるカードを観察《かんさつ》できる。これはポーカーじゃないけど、町長がなにをたくらんでたのかはわかる。

「ダブルバレル。ポーカーで自分の手がそんなに強くなくても、二回連続して賭《か》けること。相手に自分が強いって思わせようとしてだますの。ウィットロック市長は記事にいたずら書きのことを書き足して、インパクトをもたせようとしたんだよ」

「提出したあとで書き足したんじゃなくて？」

「九十九パーセント、たしか」

「メイジー、こういう重要《じゆうよう》なことは、百パーセントでなくちゃ」

たしかにローガンのいうとおりだ。状況証拠《じようきようしようこ》だけじゃだめ。ウィットロック町長が不正をしてるなら、確認しなくちゃ。オパがいってたみたいに、「最終的にはすべてのカードが明らかになる」はず。


ウィットロック町長は、わたしがオフィスに行くと満面の笑みでむかえてくれた。例の記事をフレームにいれて壁《かべ》にかけてる。「編集者《へんしゆうしや》にJ・ダニエルズ賞に推薦《すいせん》された。二回も受賞したらすっかり有名になってしまうな」

心臓《しんぞう》がバクバクしてるけど、ポーカーフェイスを保《たも》つ。

「で、メイジー、なにか用かな？」

「ちょっと考えてたんですけど……」罠《わな》をしかける。オパがポーカーで教えてくれたみたいに。

「『ミネソタ・ドンチャ・ノウ』に記事を書いたら、来月号にのせてもらえる可能性はありますか？」

「エッセイとか？」

わたしはうなずいた。「まあ、そんな感じです」

家のベッドにいるオパの指示がきこえる気がする。「自分のポジションを知っている必要がある。つまり、プレーする順番だ」この場合、記事を提出する順番と日付。

「悪いな、メイジー。締切《しめきり》が決まってるんだ。最低でも二週間前に原稿を出さなきゃいけないんだよ。追加や変更《へんこう》はいっさいきかない。アイオワ州の印刷所からミネソタまで運ばれてくるからね」

「どんなにいい記事でも？」わたしはさらにたずねた。

ポーカーでは、ほかの人がどんなカードをもってるかわかるまでゲームをつづけたほうがいい。

「例外なしだ」町長がきっぱりいう。「印刷機がまわったらもう、それっきりだ」

「わかりました。ありがとうございます」

心に引っかかっていたものがとれたけど、同時に打ちのめされた。ウィットロック町長は味方だと思ってた。帰るとき、町長はニコニコしながら手をふった。フレンドリーだからって、友だちとは限らない。

ポーカーフェイスのまま、わたしは手をふりかえした。まだ相手にこっちのカードは見せない。まずママかオマに話したほうがいい。いたずら書きをしたのがエリックたちだとしたら、町長は前もってそれを知っててそんなヘイトクライムを止めなかったってことになる。町長が自分でやったのにうそをついてるなら最悪。どっちにしても、人種差別《じんしゅさべつ》の感情を利用してうちの家族をおとしめて自分が得をしたのはまちがいない。


家が近づいてくると、人だかりが見えた。救急車《きゅうきゅうしゃ》の赤いライトが点滅《てんめつ》してる。

「えっ、うそでしょ。えっ、えっ、えっ！」

ウェルナーさんが縁石《えんせき》に腰《こし》かけて両手で頭をかかえている。ママとオマは抱《だ》きあってる。

「オパ！　オパはだいじょうぶなの？」わたしはさけびながらみんなのところにかけよった。

オマがわたしを見つめる。口をひらいたけど、言葉が出てこない。

ママがわたしをぎゅっと抱きよせた。

72

生まれたときを数にいれなければだけど、病院に行くのははじめて。ライトがまぶしくて、病室は森林ふうにしようとして失敗したみたいなにおいがする。オパの病室で、ママとオマが手を握《にぎ》りあっている。悲しみにぎゅっとつつまれてるみたいにくっついて、つらそうな顔をしてる。

ここでオパが寝てるベッドは家にあるのより豪華《ごうか》。壁にとりつけられたテレビに、ミュートで連続ドラマがうつってる。わたしはチャンネルをカルロス！に合わせた。オパのガリガリの腕《うで》にチューブがいくつもつながれている。モニターがオパの心拍数《しんぱくすう》を映し出して、ギザギザの線を描《えが》いてる。学校で習った地震《じしん》のマグニチュードのグラフを思い出した。

「病院の食べものはひどいからな」オパの声はささやきに近い。ひと言ひと言を苦労して発してるみたい。「あれで死ななかったら、なにをしても死なないな！」

わたしは笑ったふりをする。ほんとうは心が痛くてたまらない。ポーカーフェイスをして、だれにも気づかれないことを願《ねが》う。

「オパ、元気にならなくちゃ。でなきゃ、ラッキーと〈ゴールデンパレス〉の話、だれにしてもらえばいいの？」

オパが返事もしないうちに、看護師《かんごし》さんがドアをあけた。テディベアが陽気に踊《おど》ってるイラストが制服《せいふく》に描いてあって、一瞬、悲しいのを忘れる。「面会時間はおわりです」看護師さんが申《もう》し訳《わけ》なさそうにいう。

ママがオマを支《ささ》えるようにして病室を出た。廊下《ろうか》で、ふとなにかを感じてふりむいた。オパが苦労してからだを起こしているのが見える。弱ってるけど、目はいつものようにキラキラしてる。

「メイジー、わたしたちの物語はおまえに任《まか》せた」オパがいうのがきこえた。

そして、ドアがしまった。

73

友人たちやご近所さんたちがとどけてくれるお悔《く》やみの言葉はきかれないまま、もちよってくれたキャセロール料理《りょうり》も手をつけられないまま。オマはオパが亡《な》くなってから、一度も〈ゴールデンパレス〉に来ていない。ママは、もう涙《なみだ》も枯《か》れてるだろうに泣きやまない。わたしはまったく泣いてない。ポーカーフェイスをはずすのは、ひとりになったときだけ。そのときでも、泣けない。わたし、どこかおかしいのかも。

74

教会の扉《とびら》がひらいて、ひっきりなしに人が入ってくる。ミネソタ州ラストチャンスじゅうの人が集まってるみたい。お葬式《そうしき》なんて生まれてはじめて。はじめてが多すぎ。エヴァが席についてるのが見える。黒いワンピースを着て、胸がつぶれたみたいな顔をしている。

わたしもワンピースを着てる。ママのクローゼットに埋《う》もれてた青いワンピース。で、その上にオパの釣《つ》り用ベスト。オマに反対されるかと思ったら、ぎゅっと抱きしめられた。

ホームズ校長はママのとなりにいる。その近くにベージュのスーツを着た背の高い男の人が、いたたまれない表情で立ってる。ママはその人にあたたかい笑顔をむけて、ホームズ校長とおそろいの結婚指輪《けっこんゆびわ》をよかったわねというふうにながめている。

レディ・ベスもあらわれた。杖《つえ》をついていても歩くのがたいへんそうだ。オパが亡くなったときいて、そうとうショックを受けている。生まれたての鳥みたいに弱々しく見える。デイジーがせっせと家に食事を届けて、食べるのを見守っている。

ホームズ校長がレディ・ベスの手をとって席につかせると、となりにすわった。クリスがその反対側のとなりにすわって、ふたりでレディ・ベスを見守っている。

デイジーは壁にもたれて爪《つめ》をかんでいる。目も鼻もまっ赤だ。ほっといたらずっと動かなさそう。オマがデイジーを最前列《さいぜんれつ》に来るよう手まねきする。「家族席にすわりなさい」

ローガンも両親といっしょに来た。パリッとした白いシャツを着ている。赤いネクタイは長すぎるし、紺《こん》のパンツは短すぎ。

「メイジー、なんか怒ってる？　ぼく、なんかした？」

わたしは首を横にふった。正反対。逆の理由でローガンを一週間ずっと避《さ》けていた。ローガンに会うと、ラストチャンスのこと、オマとオパのこと、〈ゴールデンパレス〉のことをどうしても考えちゃう。何回もさようならをいうのはいや。

ライリーもいる。ライリーのおばあちゃんとおじいちゃんがオマと話してる。三人とも、作戦会議をしてるみたいに頭をさげている。いじわる女子たちがいなくてよかった。ウェルナーさんは姿《すがた》が見えない。

「メイジー」ライリーがいう。「おじいちゃんのこと、悲しいね。わたし、おばあちゃん《ボンマ》やおじいちゃん《ボンパ》になにかあったらどうしたらいいかわからない。話したいことがあったら、いつでもきくから」

わたしがうなずくと、ライリーはわたしの手をぎゅっと握った。「親戚《しんせき》の方がいらしてるみたいだから行ったほうがいいんじゃない？」

「親戚？」

見たことがない中国人のグループがいる。みんな、わたしをじっと見ていた。

「メイジー？」女の人が近づいてくる。小さい子がふたり、お父さんといっしょについてくる。

「ニュージャージーのリン・フォンよ。エミー・ツァイからおじいさまが亡くなったときいて来たの」

「えっ、リン・フォン……」びっくりだ。

メールはしてたけど、まさか実物に会えるとは。まったくの他人なのに、わざわざオパにおわかれをいうために来てくれたの？

「ほんとうにご愁傷《しゅうしょう》さまです」リンがいう。ふたりの子どもが信者席《しんじゃせき》の下にもぐりこむのを、お父さんがつかまえようとしてる。「小さいときからずっと、〈ゴールデンパレス〉がどんなにすばらしいかって話はさんざんきいてきたのよ。おじいさまがまだ小さかったころ、うちの祖父《そふ》がポーカーを教えたんですって。前から来てみたかったの。もっとはやく来ればよかった」

あたりを見まわすと、まだほかにも中国人がいる。年代がバラバラの人が、握手《あくしゅ》をしたり、あいさつしたり、敬意《けいい》がこもった声で話をしたりしている。ひとりの若いアジア系の女の人が近づいてきた。

「メイジー、セントポールのセント・キャサリン大学のエミー・ツァイよ」

「エミー？」直《じか》に会うのははじめてだけど、前からの知りあいみたいな気がする。

オパのオンラインの死亡記事をエミーに送ったら、シェアしてもいいかってきかれた。それで、だれが見るかもわからずにもちろんかまいませんって答えた。

オマとママのところに行って、一気に報告する。写真に興味《きょうみ》をもって、エミーに連絡をして、ラッキーの物語をきいて、ペーパーサンの調査《ちょうさ》をはじめたこと。オマは、かけつけた人たちがだれなのかがわかってくると、長いこと会ってなかった親戚みたいにあいさつをした。

ああ、感動……と思ってたら、ウィットロック町長を発見。

「ミセス・チエン！」町長が近づいてくる。「町長として、〈ゴールデンパレス〉の常連として、式の最中《さいちゅう》にお悔《く》やみの言葉を述《の》べたいと思っています。もちろん、許可《きょか》していただければですが」

オマがお礼をいおうとしたとき、わたしは口をはさんだ。

「いいえ」

75

ウィットロック町長は、わたしを無視《むし》してオマが返事をするのを待ってる。町長の〝テル〟は、自信過剰《じしんかじょう》とうぬぼれと尊大《そんだい》。

「いいえ」わたしは声をはりあげた。「オパのお葬式《そうしき》でしゃべってほしくなんかありません。それに二度と〈ゴールデンパレス〉にも来ないでください」

わたしはオマと町長のあいだに割《わ》りこんで、町長が目をそらせないようにした。「理由、知りたいですか？」ずっと年上だって、ずっと大きくたって、こっちはカードをぜんぶ握ってる。

町長はそりかえってにらんできたけど、動じない。目をそらさずに、わたしは釣り用ベストの黄色いペンキに手をふれた。「知ってるんです」それだけいう。

すると、町長はだまって立ち去っていった。

「メイジー?」オマがふしぎそうにいう。

「あとで説明するから、オマ」

今日は、ウィットロック町長なんてどうでもいい。今日はオパのための日。ママとわたしはオマを最前列につれていって、デイジーと並んですわった。教会のなかを見まわす。満員《フルハウス》だ。オパの大好きな手。

76

お葬式の最後に、牧師《ぼくし》さんがオマからの招待状《しょうたいじょう》を読みあげた。「夫の人生を祝賀する会を〈ゴールデンパレス〉で行ないます。どうぞお集まりください」

みんなが立ちあがって、わたしたちをまず退出させると、あとにつづく。メインストリートをパレードだ。店に着くと、バドといっしょに待っていた昼寝犬が気をつけするみたいにうしろ脚《あし》で立った。

店のなかに入ると、オマはいすに沈みこんだ。請求書《せいきゅうしょ》の支払いをするお金をかぞえたり、いそいで食事休憩《きゅうけい》をとるとき以外、オマがお店ですわってるのを見るのははじめて。

みんな、つぎつぎにオマに声をかける。「お腹《なか》すいたでしょう?」

「なにかもってきましょうか?」

「熱いお茶でものんだらどう?」

デイジーが早めにお葬式をぬけて厨房《ちゅうぼう》にもどっていた。オマに教わった知識のすべてを、この日の午後に注ぎこんだ。

「こんなにたくさんの料理《りょうり》、見たことない。信じられない」わたしはデイジーにいった。

「うん、そうだよね」デイジーはいって、悲しみと疲れからくる涙《なみだ》をぽろぽろこぼした。

ウェルナーさんが近づいてきて、ぎゅーっとハグしてくる。

デイジーはタオルではなをかんでる。「ウェルナーさんとふたりでぜんぶつくったの」

「ありがとう。デイジー、ウェルナーさん。ありがとう」感極《かんきわ》まって声がつまるのを必死でがまんする。みんな、ほんとうにやさしい。胸がいっぱいだ。

ビュッフェのテーブルは〈ゴールデンパレス〉の自慢の料理の数々でぎっしりだ。ふんわり蒸《む》しあがったチャーシュー入りのパオがずらっと並んで、その横にはオパのお気に入りのブラートヴルストを具にしたパオもある。

ホームズ校長とクリスは、レディ・ベスのそばをはなれない。わたしはレディ・ベスにフォーチュンクッキーを手わたした。ホームズ校長が占《うらな》いの紙を読みあげる。「あなたのやさしい心に感謝します」

レディ・ベスと目が合う。前はいじわるにしか見えなかったあの目が、いまは思いやりでいっぱいなのがわかる。

フィンはお葬式には来なかったけど、店にやって来た。

「どうぞ召《め》しあがれ」わたしはフィンにいった。

「お腹すいてないよ。おばあちゃんに会いに来たんだ」

フィンはオマに近づいていって、長いことハグしていた。「元気になってね」そういって帰っていく。

ウェルナーさんがオマの前に来て、気まずそうな顔をしている。

「話せばいいのに」わたしはふたりにいった。

オマが先に口をひらく。「ふたりともばかみたいにけんかしてたけどね、あの人はずっとあなたを兄弟のように愛してたのよ」

ウェルナーさんが泣きだした。「あいつはわたしの親友だった」

オマがウェルナーさんの両手をとる。「あなたのブラートヴルストをまた食べられて、ほんとうにうれしかったのよ」

「え、知ってたの？」わたしはたずねた。

オマのくちびるにうっすら笑みが浮かぶ。「だれが家のゴミ出しをしてると思ってるの？」

わたしは店のなかを見まわした。なんてたくさんの友だちと家族。集まって、悲しみとよろこびで結びついてる。これは、愛。

リンもエミーもペーパーサンの友人や親戚たちも、ウェディングドレスを着たルルの写真をながめている。子どもをのぞくとぜんぶで八人。中国では、八はラッキーナンバーだ。

わたしはそのグループのところに行って、いった。「見せたいものがあるんです」

77

いっぺんに全員は事務所に入れない。たぶんこれって、ラストチャンス最大のアジア人の集まりなんじゃないかな。みんな、ペーパーサンの壁を見たがった。リンのおじいさんのエディ・フォンが色あせた写真のなかでまじめな顔をしている。ヘンリー・スーはおじさんが送ってきたクリスマスカードを見つけた。三セントの切手がはってある。

パオをたらふく食べたみたいに見えるいかにも陽気そうなマーティ・ウーは、米袋《こめぶくろ》を頭の上にのっけて支えている男の人の写真を指さした。「これはおれだ！」そういって、写真の人のお腹をさする。「このころよりちょっと太ったかもしれないけどね」

エミーは、写真にうつってる何人かが、探してた人と一致《いっち》するんじゃないかといった。わたしがジーン・リーの写真を指さすと、あっと声をあげる。みんな、写真の写真をとって、興奮《こうふん》してしゃべっている。

まるで〈ゴールデンパレス〉の事務所で家族が再会を果たしたみたい。知らない人が見たら、この人たちが自分たちでつけたチーム名、その名も〝ラッキー8〟のメンバーは昔からの知り合いだって思うはず。オマが前にいってたっけ。人間も食べものも、「なじみがあるのと同時に予想もつかない」って。

デイジーが、エビチャーハンのおかわりをとりに厨房にもどってきて、ふしぎそうな顔をする。

「親戚？」

わたしはうなずいた。

「メイジーのオパはいつも、わたしも壁に写真がのるべきだっていってた」

「えっ、そうなの？」

「名前のせいかな、たぶん」

どういうこと？「デイジー？」

「デイジーはファーストネーム。名字はグルック。前はグリュックリッヒだったんだけど、祖父《そふ》母《ぼ》がアメリカに来たときに短くして名乗るようになったの。お母さんがいってたけど、ドイツ語で『幸せ』って意味なんだって」

78

ダイニングにもどると、オマはまだウェルナーさんと話しこんでた。

エヴァが近づいてくる。「母娘《おやこ》でラストチャンスに残るの？」

わたしは首を横にふった。「学校がもうすぐはじまるから、ほんとに帰らなくちゃ」

エヴァがわたしの腕をぎゅっとした。「さみしくなるわね、メイジー」

「わたしもさみしくなるよ、エヴァ」

ローガンは店内を巡回して食べものが足りてるかチェックしてる。ママはみんながしきりにかけてくる親切な言葉に愛想《あいそ》よくお礼をいいつづけている。わたしはママをわきに引っぱっていき、釣り用ベストのポケットに手をのばした。「オパからだよ」ママにいう。

占いの紙を読むママはふるえていた。「シャーロット、これ以上望めない最高の自慢の娘だよ」

オパがタイプライターを店からもってかえってきてほしいとたのんできた日、わたしたちはいっしょに占いの紙をつくった。そのときが来たらみんなにわたしてほしい、とオパはいった。

「そのときって？」わたしはたずねた。

「そのうちわかるよ」

例の騒々《そうぞう》しい家族は、ウェルナーさんがオパのトランプで手品を披露《ひろう》するのを見て、びっくりしてすっかりおとなしくなっている。店内がだんだん、お葬式からお祝いみたいな雰囲気《ふんいき》にかわっていき、みんなが口々にオパと〈ゴールデンパレス〉の思い出話をしはじめる。ラストチャンスの人たちは〝ラッキー8〟のことを知ると、だれもがその八人のメンバーと話をしたがった。八人はもう大人気だ。すぐに、自分たちの先祖《せんぞ》がいつ、どうやってアメリカに来たのかという話がはじまった。

レディ・ベスと米袋のマーティ・ウーはふたりして、数十年前に会ったことがあるといった。マーティがひ孫《まご》の写真を見せると、レディ・ベスはにこにこして見ている。見たことない表情だ。だけど、よく似合《にあ》ってる。レディ・ベスはマーティに、家族全員で家にいらしてくださいと招待して、マーティはぜひと答えた。

そんな感じで、世界がひっくり返ったみたいだった。

ウェルナーさんにもフォーチュンクッキーをわたす。また泣きだしちゃうんじゃないかって心配したら、ウェルナーさんはいきなり威勢《いせい》よくガハハハと笑いだした。

書いてあったのは、「わたしがポーカーでズルをしたって？　だったらいまここで、賭け金をとりもどしてみろ！」

「オパがいなかったらここもかわっちゃうのかな？」わたしはオマにたずねた。

オマは静かにお祝いを見守っている。

「すでにかわってしまったわ」オマの声は、悲しそうだけど幸せそう。「ふたりで〈ゴールデンパレス〉をやってきたことが、史上最長のハネムーンだったからね」

わたしはオマの手にそっとクッキーを握らせた。

オパはなんだかんだいって、やっぱり回復したいと願っていた。それでも、「念のため」といって、妻のために占いの紙を用意していた。

オマはアルミホイルで包まれたクッキーを手でなでている。

「オパからだよ」

「オパ？」オマが占いの紙を読んでいるとき、笑ってるのか泣いてるのかわからなかった。その両方かも。「まったく、ふざけたじいさんだね。怒《おこ》ってるこっちがばからしくなってくる」

甘《あま》くてすっぱい。

陰《いん》と陽《よう》。

オマはオパのハンカチで涙をぬぐう。書いてあったのは、だれよりも愛する人へ、アロハ！
もう泣いてもいいぞ。

そのあと、わたしは店内のあちこちでクッキーをわたしてまわった。入っているメッセージは、「愛して生きて笑って、中国料理を食べよう！」もちろん、オパがいってたことだ。

クッキーが入ってたかごが空《から》っぽになると、わたしの心も空っぽになった。釣り用ベストのポケットに手をいれて、気持ちを落ち着かせる。ポーカーのチップにまざって、入れたおぼえのないものが手にふれた。ベルベットの箱だ。ふたをあけると、凝《こ》ったつくりの金色の鍵がはいってた。じっと見つめていたら、涙があふれてきた。オパが知らないうちにいれてたんだ。でもいつ？　どうやって？

箱《はこ》のなかに、言葉が刻《きざ》んであった。「ミネソタ州ラストチャンスの鍵　ラッキー・チェン百歳の誕生日を記念して」

79

最後の日。明日、ママとわたしはロサンゼルスにもどる。オマがママとわたしを事務所に呼んだ。古い写真を壁にはってるところだ。「もうひとりのペーパーサン」オマがいう。

ママは写真をのぞきこんだ。「えっ、うそでしょ！」

オマがうなずく。「ほんとだよ、シャーロット。おまえはペーパーサンの子孫なんだよ」

どういうこと？　「だってラッキーは排斥法《はいせきほう》ができる前に移民《いみん》してきたんでしょ」

「ラッキーはペーパーサンじゃない」オマが写真を指さす。「わたしの父がそうだったの。妹とわたしは、家族の秘密を決して人に話してはいけないといわれていたから」オマがママを見つめる。「おまえのおじいちゃんは、家族がいつ強制送還《きょうせいそうかん》されるかもしれないとおびえながら暮らしていたんだよ」

エミーからきいた話といっしょだ。

オマがわたしを見つめる。「メイジー、わたしの父、おまえのひいおじいちゃんは、ペーパーサンだった。ペーパーサンの研究をするなら、ここからはじめるといいよ。どんな物語にも二面性がある。どんな家族もおなじだよ」

80

まだ朝もかなり早いけど、ママはすぐに出発しようといった。オマが車に荷物をのせるのを手伝ってくれているあいだ、わたしは最後にもう一度、ラストチャンスの町を歩いて、〈ゴールデンパレス〉の前で立ちどまった。

「バド、会えないとさみしくなっちゃうよ」

昼寝犬が近くで寝ている。わたしはクマのバドを抱きしめた。「またもどってくるからね」そう約束する。それをきいて、昼寝犬が顔をあげて尻尾をふった。そしてまた、目をとじた。

さらに歩いて、〈ベン・フランクリン〉と〈ウェルナー・ウィンナー〉の前をとおりすぎる。列車の駅に近づいて、思わずにっこりした。

「ローガン！」わたしは声をあげて、かけよった。

ローガンは井戸《いど》のまわりを自転車でぐるぐるまわっている。ワームの入ったバケツが自転車のうしろに引っかかっている。

「メイジー！　もう行っちゃったのかと思ってたよ」

「もうすぐ」わたしは井戸を指さした。「願《ねが》いごと、した？」ローガンがうなずく。「今度はどんな？」

ローガンの目に涙があふれてきた。「メイジーがぼくのことを忘れませんようにって」

「ああ、ローガン！　忘れるわけないよ。ずっと友だちだからね」

「約束だよ、メイジー？」

「約束」

ローガンはニヤッとして、Tシャツではなをかんだ。自転車をこいではなれていくのを見守っていると、ローガンがふりむいてさけんだ。「バイバイ、ロサンゼルスから来た中国系アメリカ人のメイジー！」

ラストチャンスに来た初日、わたしは願いごとをした。その願いはかなわなかった。少なくとも、あのとき思ってたふうには。あのとき井戸にむかっていったのは、「家に帰れますように」いまにして思うと、夏じゅうずっと、家にいたんだな。

81

ママといっしょにロサンゼルスに帰ってきた日、メールが届いた。

メイジーへ
ラッキー8のひとりから、探しものをしているときききました。数十年前、わたしのひいおじいちゃんがラストチャンスにたどりつきました。ラッキーとルルは彼に仕事と隠《かく》れ家《が》をくれたけど、それ以上に、希望を与えてくれました。そのことで、わたしたち家族は永遠に感謝の気持ちをもっています。
ひとり、サンフランシスコの料理学校を卒業する若い中国系アメリカ人女性の知り合いがいます。彼女の最終的な目標《もくひょう》は、レストランを経営《けいえい》することです。スージー・リンという移民の娘です。彼女に〈ゴールデンパレス〉のことを伝えるつもりです。
ご多幸をお祈りして。

ラストチャンスのペーパーサン、チャーリー・タンのひ孫娘《まごむすめ》
エリナー・タン

ロサンゼルスに帰ってきて数か月たった。ジンジャーといっしょにいられてうれしい。エミーとはしょっちゅう連絡をとってる。なんか、お姉さんができたみたい。ラッキーと〈ゴールデン

パレス〉は、料理と友情でいろんな人を結びつけた。わたしも人と人を結びつけようとしてる。エミーが手伝ってくれて、ラストチャンスのペーパーサンに関するウェブサイトをつくっているところだ。目的は、過去と現在の世代をつなぐこと。立ちあげるのに時間がかかってるけど、だいじょうぶ。わたしには時間があるから。

ついにあたらしいケータイを手にいれた。ローガンもワームを売ったお金でやっと入手した。たまに学校でライリーとランチを食べてるおかげで、人気が上昇中らしい。レディ・ベスは相変わらず毎日〈ゴールデンパレス〉で食事をしている。たまにフィンもいっしょに食べると、レディ・ベスは残った料理をもってかえってほしいとたのみこむらしい。ウェルナーさんは仕事を引退して、娘と生まれたばかりの孫といっしょにボストンで暮らすことになった。デイジーは町のリサイクルプログラム担当になった。

前はラストチャンスなんて世界一たいくつな町だと思ってた。だけど、いったんちゃんと目をむけたら、町の人たちもその物語もあざやかに見えてきた。ライリーにしてもレディ・マクベスにしても、最初は見かけで勝手に判断しちゃってた。でもぜんぜんちがってた。大切なのは中身だ。

エリック・フィスクの仲間たちは、秘密《ひみつ》を守れなかった。いまでは町じゅうの人が、バドを盗《ぬす》んで人種《じんしゅ》差別的《さべつてき》なメモを残そうと思いついたのはエリックだと知っている。お母さんにいわれてオマにあやまったとき、エリックはオマにとりいろうとして満面の笑みを浮かべたらしい。

「告訴《こくそ》はしないつもりよ」オマはエリックにいった。そして、ニコーッとしかえして、いった。「ただし時効《じこう》は七年。つまり、お行儀《ぎょうぎ》よくしなかったら……考えをかえることもあるから」

あと、ウィットロック町長のこともある。

いい人だと思ってたけど、ぜんぜんちがってた。ラッキーをおとしいれた警察官《けいさつかん》みたいなバッジも、ラッキーをラストチャンスから追いだした男たちみたいな銃《じゅう》ももってなかったけど、町長はもっと危険かもしれないものを利用した。言葉だ。言葉をつかって、人々をあざむいた。

ウィットロック町長は政界《せいかい》を引退して、もう『ミネソタ・ドンチャ・ノウ』に記事も書いてない。どうやら、町長の記事の信ぴょう性を疑問視《ぎもんし》する匿名《とくめい》の手紙が編集部《へんしゅうぶ》に届いたらしい。内部調査《ないぶちょうさ》の結果、町長は倫理違反《りんりいはん》で辞職《じしょく》に追いこまれた。その後、ミネソタの新聞が町長のしたことについての記事をのせた。けっきょく、自分がのった記事で有名になれたってことになる。

ベッドルームの窓から、ヤシの木とハリウッドの看板《かんばん》をながめる。今夜はママが、ジンジャービーフのブロッコリー添《ぞ》えとエビチャーハンをこしらえてる。いっしょにクリームチーズ入りワンタンもつくる予定だ。あとでオマとビデオチャットをすることになってる。オマはあたらしいコンピュータを買って、ホームズ校長に使い方を教わった。

オパとオパの物語のことは、いつも頭のなかにある。毎日、オパがそばにいてくれたらいいのにと思ってる。ラッキーのこともずっと頭からはなれない。ラッキーがアメリカに来てから百五十年たつけど、思ったほどかわってないこともある。

「まだまだやるべきことはたくさんある」オパが前にいってた。

もしオパがいまここにいたら、わたしはいうだろう。「オパ、とりかかる準備《じゅんび》オッケーだよ」

バドのことも忘れてない。バドは攻撃《こうげき》されて、撃《う》たれて、誘拐《ゆうかい》されて、いたずら書きをされた。ほかにもどんなひどいことをされたかわからない。だけど、バドはいまでも〈ゴールデンパレス〉の前にどっしりと立っている。ラストチャンスにいなくても、バドがとなりにいてくれるような気がする。

「バドによろしく伝えてね！」わたしは電話口にむかっていう。ラッキーの鍵を箱からとりだして、じっくりとながめる。ママは額《がく》に入れたらっていうけど、こうやって直に手にもてるほうがいい。

「自分で伝えなよ」ローガンがいばっていう。「ねえ、春休みにもどってきたら、ポーカー教えてくれる？」

「いいよ。負ける覚悟《かくご》はしといてね」

「メイジー、夕食よ！」ママの声がする。

わたしは鍵を箱にもどした。ひとまず。「じゃあ、またね」ローガンにいう。「食事の時間だから」

エピローグ　ハワイからアロハ！

アロハ、メイジー

ビーチにすわってオパのことを考えています。「じいさん」って波にむかってさけんでみたわよ。「ここにいるなら合図を送って」って。そのとたん、ダブルレインボーがあらわれたの！

愛をこめて
オマより

追伸　ゴールデンパレスは、スージー・リンとデイジーに任せてきたの。うまくいってるから、わたしがいなくてもやっていけそうよ。もどるかわりに、メイジーとママのところに引っ越そうかな。どう思う？

著者あとがき

メイジーの物語《ものがたり》を書きはじめた当時はちょうど、アメリカに移り住んでこようとする人々がたいへんな苦難《くなん》に直面しているという報道《ほうどう》がさかんにされている最中《さいちゅう》でした。家族のよりよい未来を切りひらくために命さえかけようとする人がたくさんいたのです。その姿《すがた》を見て、わたしは自分の家族について考えさせられました。

メイジーとおなじように、わたしの物語も中国ではじまります。一度も中国に行ったことはありませんが、わたしは中国系アメリカ人の三世で、育ったのはロサンゼルスの郊外《こうがい》、モントレーパークです。

両親は教師でした。わたしは幼《おさな》いころ、両親が仕事で家にいないあいだ、母方の祖父母《そふぼ》にめんどうをみてもらっていました。

ポーポー（広東語《かんとんご》で「おばあちゃん」）とグングン（広東語で「おじいちゃん」）はともに、一九〇〇年に広東省の台山市《たいさんし》で生まれました。十八歳でお見合い結婚《けっこん》をしたのち、グングンは一九二〇年代にアメリカに渡り、あとからポーポーが合流しました。

幼いころ、わたしは兄のロジャーといっしょに毎週日曜日は祖父母の家ですごしていました。

わたしとロジャーはたくさんのいとこたちと遊び、叔父《おじ》や叔母《おば》たちは近況報告《きんきょうほうこく》をしあっていました。食べものがたくさん用意されていて、そのなかにかならず入っていたのが、ポーポーにつくり方を教わった揚《あ》げワンタンです。

大学でわたしは、「アメリカにおける中国人」という講座《こうざ》を受けました。そこではじめて、中国からの移民《いみん》が耐《た》えてきた苦難と偏見《へんけん》について知ったのです。祖父母からはそういう話を一度もきいたことがありませんでした。ふたりとも、アメリカ市民になったときの話のような、いい面しか口にしなかったのです。

ロサンゼルスは人種《じんしゅ》のるつぼです。わたしは子どものころ、見た目のせいで人からじろじろ見られたことはありません。ところがのちにアジア人が少ない地域《ちいき》に引っ越すと、いきなり知らない人からきかれはじめました。「どこから来たの？」わたしが「ロサンゼルスです」と答えると、「そうではなくて、どこの国の出身？」ときいてくるのです。それ以前は、自分を中国系だと意《い》識《しき》することはほとんどありませんでした。わたしは、わたしでしかなかったのです。

この経験《けいけん》をはじめとして、わたしの人生のいろんな場面が、メイジーの物語に反映《はんえい》されています。

本書の舞台《ぶたい》は現代ですが、じっさいには一八五三年のラッキー・チェンの物語がはじまりです。メイジーの物語もラッキーの物語も、それにラストチャンスも、〈ゴールデンパレス〉も、ほかの登場人物もすべて、フィクションです。おかげで、中国から渡ってきて、あからさまな偏見や人種差別に耐えながら鉄道建設の仕事をして、最終的にアメリカのまんなかで暮《く》らすことになるという人生がどのようなものだったか、想像してみることができました。わたしたちが教科書から学んでいるアメリカの歴史《れきし》では、移民の貢献《こうけん》は脚注《きゃくちゅう》ほどの扱《あつか》いしか受けていません。べつの視点で見たい、そうわたしは考えました。アメリカの歴史のなかで生きただけではなく、歴史に影響《えいきょう》を与え、築《きず》いてきた移民の目を通して見たい、と。

一八六三年から一八六九年までのあいだに、約二万人の中国人労働者《ろうどうしゃ》が大陸横断鉄道《たいりくおうだんてつどう》の西側部分であるセントラルパシフィック鉄道ではたらきました。労働力の九割を占《し》めていましたが、賃《ちん》金《ぎん》は白人より三割から五割も低かったのです。

大陸横断鉄道が完成すると、ひと月かかっていたアメリカ横断の旅は一週間に短縮《たんしゅく》されました。それまでほとんどの人が耳にしたことはあっても目にしたことがなかった西部への扉《とびら》が開かれ、さまざまなビジネスにあたらしい経済的《けいざいてき》チャンスを与えました。一方で、この鉄道は破壊的《はかいてき》な形の変化ももたらしました。多くの列車が先住民の部族の所有地を横切り、そのコミュニティや文化を破壊し、景観《けいかん》や資源《しげん》に変化をもたらし、望んでもいない白人の入植《にゅうしょく》を促進《そくしん》したのです。

アメリカ史における中国移民の役割はまだ確立されていませんでした。生活の基本《きほん》のひとつである「食べもの」は、多くの人々があたらしい生活をはじめる際《さい》の基盤《きばん》となりました。記録によると、アメリカ初のチャイニーズレストランのひとつ、〈カントン・レストラン〉は一八四九年にサンフランシスコで開店しました。一八八二年の中国人排斥法《はいせきほう》はアメリカに来る中国人労働者の数を制限《せいげん》しましたが、商人は例外とされていました。一九一五年にはレストランのオーナーもその例外に含《ふく》まれることとなり、チャイニーズレストランがそれまで存在しなかった地域にもできはじめました。調査《ちょうさ》によると、二〇二〇年までに二万五千軒以上となり、マクドナルドとバーガーキングの店舗数《てんぽすう》を合わせた数にもまさります。

わたしは調査のためにサンフランシスコに行き、チャイナタウンを探索《たんさく》し、チャイニーズを山ほど食べました。子どものころに行ったことがあるフォーチュンクッキーの工場にも寄りました。フォーチュンクッキーの発祥《はっしょう》は十九世紀の日本の京都だという説もあります。一九〇〇年台初頭のサンフランシスコだという説もあれば、ロサンゼルスでつくられたという主張もあります。

ミネソタでは、素朴《そぼく》で小さい町をいくつも訪れました。ノースフィールド歴史協会は、一八七六年にジェシー・ジェイムズを筆頭《ひっとう》とするギャング団が強盗《ごうとう》に入って町民と銃撃戦《じゅうげきせん》になった有名な銀行にあります。この事件は、ラッキーにも大きな影響《えいきょう》を与えました。

本書を書くにあたって、ほかの登場人物やできごとも自由に創作しました。女優のジーン・リーの物語もそのひとつです。ジーン・リーは架空《かくう》の人物ですが、「最初の中国系アメリカ人映画スター」アンナ・メイ・ウォンを頭に思い描《えが》いています。

一八八〇年代までには、カリフォルニアの労働者の二十五パーセントが中国人でした。ラッキーのように何千人もの人が中国人排斥法の施行《せこう》前にアメリカに来ていました。この法律《ほうりつ》は特定の民族グループの移民を制限する最初の法律でした。

一九〇六年のサンフランシスコ地震《じしん》と火災で市民権の記録が破壊《はかい》され、若い中国人男性が偽《にせ》の身分証明書《しょうめいしょ》を購入《こうにゅう》することが容易になり、〝ペーパーサン〟はアメリカで生まれた中国系の人の息子だと主張しました。当時、中国人がアメリカで市民権を得るためにはこうするしか方法がなく、このようにして彼らも市民となることができました。

メイジーのオマのように、年配の中国系アメリカ人のなかには強制送還《きょうせいそうかん》を恐《おそ》れるあまり、自分たちのペーパーサンの歴史について話さない人もいます。わたしの母方の祖父母もサンフランシスコのエンジェル島の移民局を経由して移民してきました。祖父は小さな食料品店の青果《せいか》部門の責任者となり、のちに祖母は縫製《せいほう》工場ではたらくようになり、その工場で組合に加入した初の中国人女性のひとりになりました。

ラッキーの物語のなかに、中国人移民に対する暴力や偏見、浴《あ》びせられた侮辱的《ぶじょくてき》な言葉について書きました。悲しいことに、今日でもまだそのような敵意のこもった人種差別的な言葉が存在しています。人を傷つけるような不愉快《ふゆかい》な描写《びょうしゃ》を本書にどれほど含《ふく》めるか、悩《なや》みました。そして最終的に、いくつかの事例を明らかにすることによって、現実から目を背けないことを決めました。

メイジーの物語の最終章《さいしゅうしょう》を書いているころ、アジア系アメリカ人に対するヘイトクライムが増加していました。わたしは心が引《ひ》き裂《さ》かれる思いで、自分にはなにができるかを考えました。そして、自分にいいきかせたのです。書きつづけよう、と。

人々を引き裂こうとする者もいれば、結びつけようとする者もいます。メイジーを橋渡し役として、この本を中国人移民だけではなく、アメリカを建国してきたあらゆる人への賛辞《さんじ》とします。メイジーは人々、場所、そして世代をつなぎます。多くの移民家族とおなじで、わたしの祖父母は子どもたちのためにたくさんの犠牲《ぎせい》を払ってきましたし、両親にしてもおなじです。そしていま、メイジーの物語をつうじて、わたし自身の子どもたち、やがてはその子どもたちに、中国の歴史の一部を伝えられることを願っています。

オマのクリームチーズ入りワンタン

祖母は揚《あ》げワンタン（レシピはわたしの著書《ちょしょ》“Stanford Wong Flunks Big-Time”でシェア）をよくつくっていて、メイジーのオマのようなクリームチーズ入りのワンタンをつくったことはありませんでした。

これに似《に》たクラブ・ラングーン（カニのすり身、クリームチーズ、スパイスを詰《つ》めた揚げワンタン）という料理《りょうり》の起源《きげん》は不明です。一九〇四年のセントルイス万国博覧会《ばんこくはくらんかい》が発祥《はっしょう》だという説や、一九五〇年にサンフランシスコの〈トレーダーヴィックス〉というレストランでつくられたという説があります。カニ・ラングーンの親戚《しんせき》ともいえる〈ゴールデンパレス〉ヴァージョンは、クリームチーズだけが入った揚げワンタンで、多くの人がミネソタで発明された料理だと口をそろえています。

つぎのページでそのレシピを紹介しましょう！

つくりはじめる前に、大人に許可をえておきましょう。キッチン用品はおもちゃではありません。大人の目が届く場所でつかわなければいけません。

材料

クリームチーズ　二百三十グラム
刻《きざ》み青ネギ　二本（お好みで）
ガーリックパウダー　小さじ一
しょうゆ　大さじ一
ワンタンの皮　二十四枚
溶《と》き卵《たまご》　一個分
揚げ油　適量《てきりょう》（ワンタンの皮の片面をおおうくらい）

作り方

① ボウルにクリームチーズ、刻み青ネギ、ガーリックパウダー、しょうゆを入れます。
② ワンタンの皮をひろげて、①を小さじ山盛《やまも》り一杯ぶんのせます。
③ ワンタンの皮の縁《ふち》に溶き卵を塗《ぬ》ります。
④ 皮を対角線で半分に折って三角形にします。側面がしっかり接着《せっちゃく》されていることを確認します。
⑤ 鍋《なべ》かフライパンで油を熱します。
⑥ ワンタンを両面が黄金色《こがねいろ》になるまで揚げます。

⑦　油からとりだし、ナプキンかペーパータオルの上で油を切りながら冷まします。

さあ、召《め》しあがれ！

ディップソースは、ハチミツ、ワカモレ、スイート&サワーソースなど、なんでもお好みで。

参考文献

Phyllis Louise Harris、Raghavan Iyer共著『Asian Flavors: Changing the Tastes of Minnesota Since 1875』（ミネソタ州セントポール、Minnesota Historical Society Press、二〇一二年）
Sheri Gebert Fuller著『Chinese in Minnesota』（ミネソタ州セントポール、Minnesota Historical Society Press、二〇〇四年）
Jennifer 8. Lee著『The Fortune Cookie Chronicles: Adventures in the World of Chinese Food』（ニューヨーク、Twelve、二〇〇八年）
Judy Yung共著、中国歴史《れきし》協会編『San Francisco's Chinatown（改訂版《かいていばん》）』（サウスカロライナ州チャールストン、Arcadia、二〇一六年）
Paula Woo著、Lin Wang絵『Shining Star: The Anna May Wong Story』（ニューヨーク、Lee and Low Books、二〇〇九年）
John Jung著『Sweet and Sour: Life in Chinese Family Restaurants』（カリフォルニア州サイプレス、Yin and Yang Press、二〇一〇年）

訪れた場所

中国系アメリカ人博物館《はくぶつかん》（カリフォルニア州ロサンゼルス）camla.org
アメリカ中国歴史協会（カリフォルニア州サンフランシスコ）chsa.org
ゴールデンゲート・フォーチュンクッキー・ファクトリー（カリフォルニア州サンフランシス

コ） goldengatefortunecookie.squarespace.com
ミネソタ歴史センター（ミネソタ州セントポール） mnhs.org/historycenter
アメリカ中国博物館コレクション＆リサーチセンター（ニューヨーク） mocanyc.org/collections
ノースフィールド歴史協会（ミネソタ州ノースフィールド） northfieldhistory.org

ウェブサイト

Becoming American: The Chinese Experience
pbs.org/becomingamerican/chineseexperience.html

Building the Transcontinental Railroad: How 20,000 Chinese
Immigrants Made It Happen
history.com/news/transcontinental- railroad- chinese- immigrants

Chinese- Americans in Minnesota
libguides.mnhs.org/chinese- americans

National Geographic for Kids- Save the Earth
kids.nationalgeographic.com/explore/nature/save-the-earth

謝辞

本書は、この旅を共にしてくれた方々の助け、知識《ちしき》、励《はげ》ましがなければ書きあげることはできませんでした。

ジェームズ・マディソン・カレッジの教授《きょうじゅ》であり、強化横断型探求《きょうかおうだんがたたんきゅう》および学習プログラムのディレクターであるアンナ・ペグラー・ゴードン、信憑性《しんぴょうせい》を確認してくれた作家のＣ・Ｂ・リー、アメリカ中国博物館《はくぶつかん》の「酸味《さんみ》、甘味、苦味、辛味《からみ》　アメリカにおける中国料理《りょうり》とアイデンティティの物語《ものがたり》」展示《てんじ》の共同製作者《きょうどうせいさくしゃ》である中国料理の専門家《せんもんか》オードラ・アン、皆さんの専門知識は本当に貴重《きちょう》でした。

アメリカ中国博物館コレクション＆リサーチセンターのケビン・チュー、全国鉄道歴史《れきし》協会のジョン・Ｈ・グッドマンにも感謝します。ヘンリー・ゴーウィンは、ミネソタじゅうを車で案内し、一緒《いっしょ》にサイトを検索《けんさく》してくれました。あなたはヒーローです。

本書を世に出し、読者の手に届けるために尽力《じんりょく》してくれたランダムハウスのすばらしいチーム、バーバラ・バコウスキー、アリソン・コラニ、クリスティン・マ、ジャネット・フォーリー、クリストファー・カム、ジョーイ・ホー、ジョン・アダモ、ジャニーン・ペレス、エイドリアン・ウェイントラウブ、クリスティン・シュルツ、エミリー・デュバル、ショーネシー・ミラー、エリカ・ストーン、ナタリー・カポグロッシ、アーティストのレベッカ・シエ、デザイナーのシルビア・ビ、アンドレア・ラウに感謝します。

ポロ・オロスコの献身《けんしん》と尽力に感謝します。シャナ・コリーはすばらしい編集者《へんしゅうしゃ》で、その洞察力《どうさつりょく》と熱意と励ましに心から感謝します。そして、この物語を書くべきだと背中を押してくれたエージェント、ジョディ・リーマーにも大きな感謝を。

ふたりの子どもたちにも感謝します。ケイト、あなたに原稿を読んでもらえたことは喜びでした。ベニー、いつもすばらしい観察《かんさつ》をありがとう。そしてロブ、わたしを信じてくれて、すばらしい食事をつくってくれてありがとう。新型コロナウイルスによるロックダウン中に原稿《げんこう》を書いているわたしと結婚《けっこん》生活をしてくれて感謝します。

ママとパパ、愛しています。この物語はふたりのためのものです。百年以上前に中国からアメリカに渡った祖父母《そふぼ》へ——あなたたちの遺産《いさん》は生きつづけています。そして最後に、読者の皆《みな》さん、ラッキーとメイジーの物語が、皆さんの歴史、過去と現在についてもっと知るきっかけになれば幸いです。

訳者あとがき

主人公のメイジーは、明るくて元気なふつうの女の子。生まれ育ったロサンゼルスにはあらゆる人種《じんしゅ》の人々が暮《く》らしているので、自分が中国系アメリカ人だということはそれほど意識《いしき》していませんでした。そんなメイジーが十二歳の夏休み、はじめて母の故郷《こきょう》であるミネソタ州の田舎町《いなかまち》ラストチャンスで過ごすことになります。最初は、楽しい夏休みの計画も台なしだし親友ともはなればなれで最悪、と嘆《なげ》いていましたが、祖父母のチャイニーズレストランを手伝っているうちに家族の歴史《れきし》に興味《きょうみ》をもつようになります。

　現代を生きるメイジーの物語《ものがたり》と並行《へいこう》して、メイジーの祖父《オパ》の口から語られる、十九世紀に移《い》民《みん》として中国からアメリカに渡ってきたラッキーの物語が進んでいきます。現代では想像《そうぞう》もつかない状況《じょうきょう》を背景とした物語に、気づいたらメイジーと同じように早く続きをききたくてたまらなくなり、ハラハラドキドキしながらページをめくってしまうはずです。ラッキーの物語は、当時の移民の過酷《かこく》な境遇《きょうぐう》、大陸横断鉄道《たいりくおうだんてつどう》の工事の実態《じったい》、中国人排斥法《はいせきほう》、ペーパーサンなど、ともすれば埋《う》もれがちだけど、絶対《ぜったい》に忘れてはならない貴重《きちょう》な歴史です。こういう歴史を見れば、人間がさまざまな愚《おろ》かな過《あやま》ちを犯《おか》してきたことを痛感《つうかん》します。そして今もなお、メイジーが「法律《ほうりつ》は公平じゃない気がする」と気づいたように、すべての不平等《ふびょうどう》をとりはらうことができていないのが現実です。だからこそ、未来のために歴史を知ってそこから学び、問い続けることの大切さを感じられます。

著者《ちょしゃ》のリサ・リーも中国系アメリカ人三世で、あとがきに記しているように、この物語のなかに人種差別的《じんしゅさべってき》な言葉や人を傷つける不愉快《ふゆかい》な描写をどれほど含《ふく》めるか悩《なや》んだそうですが、そういう言葉やシーンは、日本語に訳《やく》すにあたっても心が痛くなりました。でも、避《さ》けて通ってはいけないし、オパがいうように「まだまだやるべきことはたくさんある」のです。偏見《へんけん》というものは、ついその存在を忘れて慣《な》れてしまっていると、持っている側も受けている側も「もうだいじょうぶだと思ってしまう」ものなのでしょうが、いまなおヘイトクライムは起きていることに目を背《そむ》けてはいけないと強く思いました。

メイジーの家族《かぞく》だけではなく、ラストチャンスに暮らすほかの人々にもそれぞれの背景や事情があって、そのひとつひとつのエピソードがあたたかく、愛《あい》に満《み》ちています。作品全体に流れているやさしさに触《ふ》れて、ときを経《へ》て場所がかわっても人々は愛でつながることができるというメッセージが伝わってきて、心があたたかくなりました。また、おいしい料理《りょうり》って偉大《いだい》な力をもつものだとも実感しました。

本書は二〇二二年全米《ぜんべい》図《と》書賞《しょしょう》児童書《じどうしょ》部門《ぶもん》のファイナリストであり、二〇二三年ニューベリー賞のオナー賞受賞《じゅしょう》作品です。あらゆる世代の人に読んでほしいと自信を持ってお勧《すす》めできる、家族の物語であり、差別とたたかって道を切り拓《ひら》いた祖先の物語であり、友情の物語であり、現代を生きるティーンエイジャーの成長物語であり、そしてなにより、愛の物語です。

最後になりましたが、本書を訳すにあたっては、多くの方にお力添《ちからぞ》えをいただきました。作品社の青木誠也さんはシリーズのスタートから本書の企画《きかく》の実現までずっと頼《たの》もしい支えとなってくださいました。校正者として平田紀之さんに原稿《げんこう》を見ていただけたのはなにより心強いことで、すばらしいご指摘《してき》に心より感謝《かんしゃ》しています。

過去《かこ》の歴史にあまり興味《きょうみ》のなかったティーンのころの自分とおなじような子どもたち、大人たちに、この作品が届《とど》きますように。

代田亜香子

二〇二四年十二月

選者のことば

ヤングアダルト（ＹＡ）というジャンルは、一九七〇年代後半にアメリカで生まれました。日本でも九〇年代あたりから、すぐれた作家たちが中高生を主人公にした作品を次々に出すようになりました。また、ファンタジーのほうでも新たな書き手が登場し、多くの若者に読まれるようになりました。

そして二〇二〇年代に入り、ヤングアダルトの世界はますます広がってきています。そんな流れをさらに推し進めたいと思って、〈モダン・クラシックＹＡ〉を立ち上げることにしました。二〇〇九年に始まった〈オールタイム・ベストＹＡ〉の続編です。

この十年の間に世界は大きく変わりました。そして海外のヤングアダルト作品も驚くほど変わりました。その変化をリアルに感じながら、どんなに変わっても変わらないものがあることを確認してみてください。きっと、目の前の世界が変わると思います。

金原瑞人

二〇二四年一月十日

【著者・訳者・編者略歴】

リサ・イー（Lisa Yee）

中国系アメリカ人三世。現在はアメリカ東部のマサチューセッツと西部のカリフォルニアを行き来している。デビュー作の*Millicent Min, Girl Genius*で2004年シド・フライシュマン賞受賞。他の著書に*Stanford Wong Flunks Big-Time*、*So Totally Emily Ebers*、*Absolutely Maybe*などがある。本書*Maizy Chen's LAST CHANCE*で2022年全米図書賞児童書部門最終候補作、2023年ニューベリー賞オナー。

代田亜香子（だいた・あかこ）

神奈川県生まれ。立教大学英米文学科卒業後、会社員を経て翻訳家に。訳書に『とむらう女』、『私は売られてきた』、『ぼくの見つけた絶対値』、『象使いティンの戦争』、『浮いちゃってるよ、バーナビー！』、『サマーと幸運の小麦畑』、『ウィッシュガール』（以上作品社）など。

金原瑞人（かねはら・みずひと）

岡山市生まれ。法政大学教授。翻訳家。ヤングアダルト小説をはじめ、海外文学作品の紹介者として不動の人気を誇る。著書・訳書多数。

金原瑞人選モダン・クラシックYA

メイジー・チェンのラストチャンス

2025年1月25日初版第1刷印刷
2025年1月30日初版第1刷発行

著　者　リサ・イー
訳　者　代田亜香子
選　者　金原瑞人

発行者　青木誠也
発行所　株式会社作品社
〒102-0072　東京都千代田区飯田橋2-7-4
TEL.03-3262-9753　FAX.03-3262-9757
https://www.sakuhinsha.com
振替口座00160-3-27183

装　幀　水崎真奈美（BOTANICA）
装　画　華鼓
編集担当　青木誠也
本文組版　前田奈々
印刷・製本　シナノ印刷株式会社

ISBN978-4-86793-070-0 C0397

落丁・乱丁本はお取り替えいたします
定価はカバーに表示してあります

【金原瑞人選オールタイム・ベストYA】

とむらう女

ロレッタ・エルスワース著　代田亜香子訳

ママを亡くしたあたしたち家族の世話をしにやってきたフローおばさんは、死んだ人を清めて埋葬の準備をする「おとむらい師」だった……。19世紀半ばの大草原地方を舞台に、母の死の悲しみを乗りこえ、死者をおくる仕事の大切な意味を見いだしていく少女の姿をこまやかに描く感動の物語。厚生労働省社会保障審議会推薦児童福祉文化財。

ISBN978-4-86182-267-4

希望《ホープ》のいる町

ジョーン・バウアー著　中田香訳

あたしはパパの名も知らず、ママも幼いあたしをおばさんに預けて出て行ってしまった。でもあたしは、自分の名前をホープに変えて、人生の荒波に立ちむかう……。ウェイトレスをしながら高校に通う少女が、名コックのおばさんと一緒に小さな町の町長選で正義感に燃えて大活躍。ニューベリー賞オナー賞に輝く、元気の出る小説。全国学校図書館協議会選定第43回夏休みの本（緑陰図書）

ISBN978-4-86182-278-0

私は売られてきた

パトリシア・マコーミック著　代田亜香子訳

貧困ゆえに、わずかな金でネパールの寒村からインドの町へと親に売られた13歳の少女。衝撃的な事実を描きながら、深い叙情性をたたえた感動の書。全米図書賞候補作、グスタフ・ハイネマン平和賞受賞作。

ISBN978-4-86182-281-0

ユミとソールの10か月

クリスティーナ・ガルシア著　小田原智美訳

ときどき、なにもかも永遠に変わらなければいいのにって思うことない？　学校のオーケストラとパンクロックとサーフィンをこよなく愛する日系少女ユミ。大好きな祖父のソールが不治の病に侵されていると知ったとき、ユミは彼の口からその歩んできた人生の話を聞くことにした……。つらいときに前に進む勇気を与えてくれる物語。

ISBN978-4-86182-336-7

シーグと拳銃と黄金の謎

マーカス・セジウィック著　小田原智美訳

すべてはゴールドラッシュに沸くアラスカで始まった！　酷寒の北極圏に暮らす一家を襲う恐怖と、それに立ち向かう少年の勇気を迫真の文体で描くYAサスペンス。カーネギー賞最終候補作・プリンツ賞オナーブック。

ISBN978-4-86182-371-8

＊在庫僅少／品切れの書籍を含みます。

【金原瑞人選オールタイム・ベストYA】

ぼくの見つけた絶対値

キャスリン・アースキン著　代田亜香子訳

数学者のパパは、中学生のぼくを将来エンジニアにしようと望んでいるけど、実はぼく、数学がまるで駄目。でも、この夏休み、ぼくは小さな町の人々を幸せにするすばらしいプロジェクトに取り組む〈エンジニア〉になった！　全米図書賞受賞作家による、笑いと感動の傑作YA小説。

ISBN978-4-86182-393-0

象使いティンの戦争

シンシア・カドハタ著　代田亜香子訳

ベトナム高地の森にたたずむ静かな村で幸せな日々を送る少年象使いを突然襲った戦争の嵐。家族と引き離された彼は、愛する象を連れて森をさまよう……。日系のニューベリー賞作家シンシア・カドハタが、戦争の悲劇、家族の愛、少年の成長を鮮烈に描く力作長篇。

ISBN978-4-86182-439-5

浮いちゃってるよ、バーナビー！

ジョン・ボイン著　オリヴァー・ジェファーズ画　代田亜香子訳

生まれつきふわふわと“浮いてしまう”少年の奇妙な大冒険！　世界各国をめぐり、ついに宇宙まで!?

ISBN978-4-86182-445-6

サマーと幸運の小麦畑

シンシア・カドハタ著　代田亜香子訳

小麦の刈り入れに雇われた祖父母とともに広大な麦畑で働く思春期の日系少女。その揺れ動く心の内をニューベリー賞作家が鮮やかに描ききる。全米図書賞受賞作！

ISBN978-4-86182-492-0

ウィッシュガール

ニッキー・ロフティン著　代田亜香子訳

学校でいじめにあい、家族にも理解してもらえないぼくは、ふと迷いこんだ谷で、ウィッシュガールと名のる奇妙な赤毛の少女に出会った。そしてその谷は、ぼくたちふたりの世界を変えてくれる魔法の力を持っていた。

ISBN978-4-86182-645-0

＊在庫僅少／品切れの書籍を含みます。

【金原瑞人選モダン・クラシックYA】

キングと兄ちゃんのトンボ

ケイスン・キャレンダー著　島田明美訳

全米図書賞受賞作！
突然死した兄への思い、ゲイだと告白したクラスメイトの失踪、
マイノリティへの差別、友情と恋心のはざま、そして家族の愛情……。
アイデンティティを探し求める黒人少年の気づきと成長から、弱さと向き合い、
自分を偽らずに生きることの大切さを知る物語。

ISBN978-4-86793-022-9

【金原瑞人選モダン・クラシックYA】

夜の日記

ヴィーラ・ヒラナンダニ著　山田文訳

ニューベリー賞オナー賞受賞作！
イギリスからの独立とともに、ふたつに分かれてしまった祖国。
ちがう宗教を信じる者たちが、互いを憎みあい、傷つけあっていく。
少女とその家族は安全を求めて、長い旅に出た。
自分の思いをことばにできない少女は亡き母にあてて、揺れる心を日記につづる。

ISBN978-4-86793-041-0